Eachtra San Afraic

Tomás Mac Aodh Bhuí
a d'aistrigh

Cló Iar-Chonnachta
Indreabhán
Conamara

Foilsithe den chéad uair i mBéarla i 1941 ag Basil Blackwell Ltd.
An t-eagrán Gaeilge seo foilsithe den chéad uair i 1994 ag
Cló Iar-Chonnachta Teo.
An Chéad Chló 1994
© Cló Iar-Chonnachta, 1994

ISBN 1 874700 184

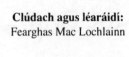

Clúdach agus léaráidí:
Fearghas Mac Lochlainn

Dearadh:
Foireann C.I.C.

Faigheann Cló Iar-Chonnachta Teo. cabhair airgid
ón g**Comhairle Ealaíon**

Clóchur: Cló Iar-Chonnachta Teo., Indreabhán, Conamara.
    Fón: 091-93307   Facs: 091-93362
Priontáil: Clódóirí Lurgan Teo., Indreabhán, Conamara.
    Fón: 091-93251 / 93157

San Aerfort

Sheas triúr páistí ar imeall aerfort beag i gContae Átha Cliath ag féachaint ar eitleán bán a bhí réidh le himeacht. Bhí uaigneas ar na páistí mar bhí siad chun slán a fhágáil lena dtuismitheoirí a bhí chun eitilt ar thuras mór tríd an Afraic.

"Is deas an rud é tuismitheoirí cáiliúla a bheith ag duine," arsa Deirdre, "ach níl sé chomh deas céanna nuair a imíonn siad thar lear chun cáil a bhaint amach."

"Ní fada go mbeidh siad ar ais arís," arsa Nóirín. "Feicfimid iad i gceann seachtaine."

"Tá eagla orm go mbeidh sé níos faide ná sin," arsa Deirdre go duairc.

Ní raibh Colm uaigneach in aon chor. "Beidh grianghraf dínn sna nuachtáin mar chlann na bpíolótaí a bhfuil clú domhanda orthu," ar seisean.

Tháinig an t-athair agus an mháthair, a bhí gléasta go geal gliondrach, chun na páistí a phógadh.

"Ná bíodh aon imní oraibh fúinn," arsa an

mháthair. "Beidh sibh in ann léamh faoin eitilt sna nuachtáin. Beidh cóisir mhór againn nuair a fhillfimid, agus beidh cead agaibh fanacht in bhur suí amach san oíche."

Bhí liáin an eitleáin ag gluaiseacht go tapa anois. D'fhág an Captaen Ó Broin agus a bhean Eibhlín na páistí agus chuaigh siad ar bord. Mhéadaigh torann an innill agus thosaigh an t-eitleán ag gluaiseacht. Nuair a bhí sé ag taisteal go tapa d'éirigh sé ón talamh agus d'eitil ó dheas.

Chonaic na páistí ainm an eitleáin, *An tIolar Bán,* ar a thaobh thuas san aer.

"Is dócha go mbainfidh an *An tIolar Bán* cáil amach arís, ag trasnú agus ag timpeallú na hAfraice," arsa Nóirín agus an t-eitleán ag imeacht as radharc.

Chuaigh na páistí go dtí bialann bheag in aice láimhe chun greim bia a fháil.

Shíl siad na cácaí a cheannaigh siad a bheith go han-bhlasta, mar bhí ocras mór orthu.

"Nár dheas an rud é lá saor a fháil ón scoil don ócáid seo," arsa Colm, "'sé an trua go bhfuil orainn filleadh."

"Fágfaidh ár mbus lár na cathrach ag a haon déag a chlog," arsa Nóirín.

Dúirt Colm nach mbeadh an bus go dtí scoil na mbuachaillí ag imeacht go dtí a dó dhéag.

"Léifimid na nuachtáin gach lá chun eolas a fháil faoi cá mbíonn Mam agus Daid," arsa Nóirín, "agus casfaimid ort anseo i gceann seachtaine chun fáilte a chur rompu."

"Mothaím míshuaimhneach," arsa Deirdre, "braithim ar bhealach éigin nach bhfeicfimid Mam agus Daid go ceann i bhfad."

Thosaigh an bheirt eile ag gáire fúithi. D'fhiafraigh Nóirín de Cholm faoin bPrionsa Eoin, a bhí ar scoil le Colm. Bhí athair an Phrionsa ina Rí ar an Oileán Sciathánach amach ó chósta na hAlban, agus an bhliain roimhe sin fuadaíodh an Prionsa ón oileán. Chabhraigh Muintir Uí Bhroin lena shábháil agus cuireadh an Prionsa ar scoil in éineacht le Colm i gCill Dara.

D'inis Colm do na cailíní go raibh an Prionsa ar buile nuair nár ligeadh dó a bheith i láthair ag tús na heitilte seo.

"Abair leis go bhfeicfimid é nuair a gheobhaimid sos ón scoil," arsa Nóirín.

"Tá sé in am againn an bus a fháil go lár na cathrach," arsa Colm, "ionas go bhfaighimid busanna go dtí na scoileanna."

Um thráthnóna bhí an triúr páistí ar ais sa dá scoil. Rith an Prionsa Eoin chuig Colm nuair a chonaic sé a chara ag teacht.

"An bhfaca tú an Captaen agus Bean Uí Bhroin

ag imeacht ar an eitleán?" ar sé. "An bhfaca tú an nuachtán um thráthnóna? Tá do ghrianghraf ann."

Nuair a chonaic Colm an grianghraf bhí sé an-bhródúil as a thuismitheoirí.

"B'fhearr liom," arsa Eoin, "dá mbeadh píolóta cáiliúil agam mar athair ná Rí. Ní dhéanann Rí dada suimiúil."

Lá i ndiaidh lae bhí scéalta sna nuachtáin faoi na rudaí iontacha a bhí á ndéanamh ag an eitleán cáiliúil Éireannach. Ansin, maidin amháin roimh am scoile nuair a chuaigh Colm chun an nuachtán a cheannach chonaic sé an cheannlíne:

GAN AON SCÉAL Ó MHUINTIR UÍ BHROIN.
CAD A THARLA DON IOLAR BÁN?

Thaispeáin Colm an nuachtán go brónach don Phrionsa Eoin.

"Déarfainn go mbeidh na cailíní an-bhuartha nuair a fheicfidh siad é seo," arsa Colm.

Chuala na cailíní an scéal níos déanaí an lá sin ina scoil féin agus thosaigh Deirdre ag gol.

"Nach ndúirt mé go raibh faitíos orm agus Mam agus Daid ag imeacht?" ar sise. "Bhí a fhios agam go dtarlódh rud éigin."

Rinne Nóirín iarracht sólás a thabhairt di.

"Ní haon mhaith a bheith ag rá go mbeidh siad i

8

gceart," arsa Deirdre. "Caithfidh gur thuirling siad i lár na hAfraice. B'fhéidir gur ite ag ainmhithe fiáine atá siad!"

"Ach tá bia agus gunnaí acu," arsa Nóirín, "agus beidh a lán daoine ag dul ar a lorg."

"Ba mhaith liom Colm a fheiceáil," arsa Deirdre.

"Beidh sos againn ón scoil ar an Satharn," arsa Nóirín, "casfaimid air ansin."

Ní raibh aon scéal faoina dtuismitheoirí an lá ina dhiaidh sin, agus de réir mar a shleamhnaigh na laethanta thart bhí níos mó imní ag teacht ar na páistí. Nuair a tháinig an sos scoile chuaigh siad chun fanacht in árasán a dtuismitheoirí i mBaile Átha Cliath. Bhí seanchara leo, Bean Uí Mhurchú, le haire a thabhairt dóibh. Bhí an Prionsa Eoin le teacht an oíche sin tar éis dó casadh ar chuid den chlann ríoga ón Oileán Sciathánach a bhí in Éirinn.

D'inis Bean Uí Mhurchú do na páistí faoi na heitleáin go léir a bhí ag cuardach san Afraic, áit a ceapadh gur thuirling eitleán an Chaptaein agus Bhean Uí Bhroin.

"An bhfuarthas eolas ar bith fúthu?" arsa Deirdre.

"Ní bhfuarthas," arsa Bean Uí Mhurchú. "Is áit an-mhór an Afraic, nach dtuigeann tú? Tá áiteanna san Afraic chomh mór le hÉirinn agus gan éinne ina gcónaí iontu."

"Ach caithfidh go mbeadh siad in ann eitleán a fheiceáil," arsa Nóirín.

"Le cuidiú Dé feicfidh siad é i ndeireadh báire," arsa Bean Uí Mhurchú. "Ach caithfidh sibh sibh féin a eagrú anois mar beidh Eoin ag teacht ar ball."

Bhí an-áthas ar an bPrionsa Eoin nuair a tháinig sé go dtí an t-árasán an oíche sin.

"Is é mo bhreithlá é amárach agus sheol m'athair bronntanas iontach chugam," ar seisean.

Thosaigh na páistí eile ag tomhas cén bronntanas mór a d'fhéadfadh a bheith ann. Bhí a fhios acu go raibh a athair, an rí, an-saibhir ó thángthas ar ola amach ó chósta an Oileáin Sciathánaigh.

"Capall," arsa Nóirín. "Ba mhaith liomsa capall ar aon nós."

"Ceamara scannánaíochta," arsa Colm. "Bheadh sé go hiontach do na cluichí ar scoil."

"Is dócha gur rud i bhfad níos daoire a fuair tú," arsa Deirdre, "ós rud é go bhfuil d'athair chomh saibhir agus atá."

"Sea," arsa Eoin, "eitleán a fuair mé!"

"Go bhfóire Dia orainn!" arsa Colm, "nach ortsa atá an t-ádh! Ach ní bheidh tú in ann é a úsáid mar tá tú ró-óg."

"Sheol m'athair píolóta chugam darb ainm

Somhairle. Tá sé ag fanacht leis an eitleán in aerfort príobháideach i gCill Dara."

Faoin am sin den tráthnóna bhí an trácht ag éirí trom i lár na cathrach. Bhí na nuachtáin tráthnóna á ndíol ag buachaillí ar an tsráid. Ghlaoigh siad amach an cheannlíne. Chuala na páistí san árasán é ag teacht aníos ón tsráid ghnóthach.

"Thángthas ar an eitleán caillte. Thángthas ar an *Iolar Bán*."

Rith na páistí síos chun nuachtán a cheannach ach bhí díomá orthu nuair a léigh siad é. Fuarthas an t-eitleán ceart go leor, ach gan éinne ann. Bhí an Captaen agus Bean Uí Bhroin ar iarraidh. Cuardaíodh timpeall na háite ina bhfuarthas an t-eitleán, ach níor thángthas orthu. De bharr gur áit iargúlta í ní raibh aon mhaith tuilleadh cuardaigh a dhéanamh.

"Ba mhaith liom dul amach go dtí an Afraic chun iad a chuartú," arsa Colm.

Thug Eoin buille cairdiúil dó. "Rachaimid mar sin. . ," ar seisean, "rachaimid i m'eitleán nua. Tabharfaidh Somhairle ann sinn."

D'fhéach na páistí eile ar Eoin. Ba dheacair creidiúint go mbeadh siad in ann eitilt go dtí an Afraic.

"Ní fhéadfaimis," arsa Colm.

"Bí cinnte go bhféadfadh," arsa Eoin,

"dhéanfadh Somhairle aon rud domsa."

"Ach ní thógfadh duine fásta muid go dtí an Afraic gan cead a fháil ó d'athair," arsa Deirdre.

"Thógfadh," arsa Eoin. "Bíonn gach píolóta ag iarraidh dul chun cinn san aerfhórsa sa bhaile. Ní dhéanfaidh Somhairle aon dul chun cinn má deirimse le m'athair nach bhfuilim sásta leis."

"Nach tusa peata ceart d'athar!" arsa Nóirín.

"Cad mar gheall ar an scoil?" arsa Deirdre, a bhí amhrasach fós.

"Nach bhfuil sos seachtaine againn, a chailín," arsa Colm, "agus is cuma liomsa faoi bheith ar ais in am don scoil ar aon nós."

"Rachaimid ann," arsa Nóirín. "Is é an t-aon deis amháin a bheidh againn cabhrú le Mam agus Daid."

Tar éis tamaill eile plé agus comhrá a dhéanamh bheartaigh siad triail a bhaint as.

Ag dul go dtí an Afraic

Níor smaoinigh na páistí ar an dainséar a bhain leis an eachtra a bhí á pleanáil acu.

"An inseoimid do Bhean Uí Mhurchú go bhfuilimid ag dul go dtí an Afraic chun Mam agus Daid a chuartú?" arsa Nóirín.

"Ná habair focal léi," arsa Colm, "nach bhfuil a fhios agat go maith go ndéanfaidh sí iarracht ar sinn a stopadh. Fágfaimid nóta di le léamh nuair a bheimid imithe as an tír."

"Imeoimid anois díreach," arsa Eoin.

"Ní féidir imeacht fós," arsa Colm, "caithfimid a lán rudaí a fháil, bia agus gunnaí agus. . ."

"Ó, ní maith liom gunnaí," arsa Nóirín.

"Ní gá gunna a bheith agatsa," arsa Colm. "Nuair a smaoinítear air ní bheimis in ann gunnaí a fháil ar aon nós. Beidh sé deacair go leor na rudaí eile atá uainn a fháil."

"Gheobhaidh Somhairle gach rud dúinn," arsa Eoin.

I gceann nóiméid bhí Eoin ar an nguthán ag caint le Somhairle, a bhí tagtha ó Albain go Cill

13

Dara leis an eitleán nua.

Dúirt Eoin go raibh Somhairle ag teacht go dtí an t-árasán chun caint leo. Cheap na páistí nach dtabharfadh an píolóta chun na hAfraice iad ar ordú Eoin. Ach bhí Eoin cinnte go ndéanfadh Somhairle aon rud dó. Nuair a tháinig sé bhí eagla ar na páistí roimhe. Fear mór ba ea é, súile dubha ina cheann agus gruaig a bhí fíor-rua. Labhair sé le hEoin:

"A Phrionsa, ní féidir liom sibh a thabhairt go dtí an Afraic. Bheadh sé ródhainséarach agus na hainmhithe fiáine atá thall."

Bhí Eoin ar buile. Dúirt sé go gcuirfeadh sé Somhairle ar ais go dtí an Rí agus go bhfaigheadh sé píolóta eile. Bhí Somhairle an-dílis don chlann ríoga san Oileán Sciathánach agus bhí meas mór aige ar an aon mhac amháin a bhí ag an Rí. Faoi dheireadh dúirt sé go gcabhródh sé leis na páistí a dtuismitheoirí a lorg, mar chabhraigh siad le hEoin nuair a fuadaíodh é an bhliain roimhe sin.

Bhí ionadh ar na páistí Éireannacha faoin gcaoi ina ndearna an fear mór gach rud a d'ordaigh an Prionsa beag dó a dhéanamh. D'imigh Somhairle as an árasán chun rudaí a ullmhú mar a d'ordaigh Eoin. Níos déanaí chuir sé glao gutháin ar an bPrionsa ag rá go raibh gach rud réidh. Bhí ar na páistí cúpla mála a ullmhú agus a gcuid rudaí féin iontu. Bheartaigh siad go bhfágfaidís an t-árasán go

déanach nuair a bheadh Bean Uí Mhurchú ina codladh. Bheadh gluaisteán ag fanacht leo chun iad a thabhairt go dtí an t-aerfort beag.

Chaith siad cúpla rud sna málaí agus scríobh Deirdre nóta do Bhean Uí Mhurchú:

A Bhean Uí Mhurchú,
Táimid imithe chun Mam agus Daid a chuartú. Ná bíodh aon imní ort fúinn – tá Somhairle linn.
                    Le grá
                        ó na páistí.

Chuir siad an nóta i bhfolach go dtí go mbeadh siad ag imeacht. Nuair a tháinig Bean Uí Mhurchú ar ais tar éis a bheith ar cuairt ag cara léi san ospidéal bhí na páistí ina luí ach bhí a gcuid éadaí fós orthu. Cheap Bean Uí Mhurchú gurbh aisteach an rud é iad a bheith ina luí chomh luath sin. Dúirt Colm go raibh tuirse orthu tar éis taisteal ón scoil ar maidin. Níorbh fhada gur chuala siad í ag dul go dtí a seomra codlata féin.

"Fanfaimid go mbeidh sí ina codladh," arsa Deirdre.

Ach thit Nóirín, an cailín ab óige, ina codladh. Dhúisigh Deirdre í nuair a bhí sé in am imeachta. Cheap Nóirín gur ag taibhreamh a bhí sí nuair a dúirt Deirdre go raibh siad chun eitilt go dtí an

Afraic. Ach i gceann nóiméid bhí an ceathrar ag siúl síos an staighre go ciúin. Nuair a shroich siad an príomhdhoras, d'oscail siad é go ciúin.

"Caithfear torann uafásach a dhéanamh chun an doras seo a dhúnadh," arsa Colm.

"Fág ar oscailt é mar sin," arsa Deirdre.

"B'fhéidir go dtiocfadh duine éigin isteach a d'fhuadódh Bean Uí Mhurchú as an leaba," arsa Nóirín le gáire.

D'fhág siad an doras ar oscailt agus bhrostaigh siad síos an tsráid go dtí an áit ina ndúirt Somhairle go mbeadh gluaisteán ag fanacht leo. Bhí eagla orthu go gcasfaí na Gardaí orthu, ach níor casadh.

Chonaic siad an gluaisteán mór leis an uimhir cheart san áit a bhí beartaithe acu. Bhí Somhairle ann. D'oscail sé an doras nuair a chonaic sé na páistí ag teacht, agus shleamhnaigh siad isteach sa suíochán deiridh. Shuigh an Prionsa Eoin isteach sa suíochán tosaigh.

Thaistil an gluaisteán go tapa tríd an gcathair. Bhí na sráideanna ciúin, ach bhí soilse na ndioscónna ag lonrú go geal fós. Ba rud nua é do na páistí a bheith ag dul tríd an gcathair chomh deireanach sin san oíche.

I gceann tamaill bhí siad ag fágáil chathair mhór Átha Cliath agus ag taisteal faoin tuath go dtí an t-aerfort príobháideach a bhí ag an gclann ríoga

Sciathánach i gCill Dara.

Ag a dó a chlog thiomáin siad isteach go ciúin trí gheata an aerfoirt. Ní raibh éinne timpeall. Chonaic siad solas ar lasadh ag bun an bhóthair. Is ansin a bhí eitleán an Phrionsa Eoin ag fanacht.

Bhí ionadh an domhain ar na páistí nuair a chonaic siad an t-eitleán iontach a bhí faighte aige mar bhronntanas. Tháinig fear mór eile as an eitleán. Bhí cuma Sciathánach air freisin, an ghruaig fíor-rua agus na súile chomh dubh le gual.

"An Captaen Domhnall Mac Aindrias," arsa Somhairle, "beidh sé ag teacht linn freisin mar is turas an-dainséarach é seo go fásach fiáin na hAfraice."

"A Dhomhnaill! Is iontach an rud é tú a fheiceáil," arsa Eoin, agus rith sé chun barróg a bhreith ar an bhfear mór.

Go minic chuala na páistí an Prionsa Eoin ag caint faoin gCaptaen Domhnall. Ba cheannaire cróga é nuair a bhí tíortha eile ag iarraidh an tOileán Sciathánach a ghabháil de bharr saibhreas ola. Bhí áthas orthu go raibh beirt fhear mhóra chróga ag dul in éineacht leo agus iad chun a dtuismitheoirí a chuartú.

Chuaigh siad go léir ar bord an eitleáin. Cheap na páistí go raibh sé go hiontach agus bhí Eoin an-bhródúil as.

"Is fearr é seo ná an t*Iolar Bán* !" arsa Colm.

"Isteach libh in bhur suíocháin anois," arsa Somhairle, "sula mbeidh a fhios ag éinne cad atá ag tarlú."

Suíocháin chompordacha a bhí iontu. D'fhéadaí leaba a dhéanamh astu agus codladh orthu. Ach ní raibh fonn codlata ar éinne.

Dhúisigh Somhairle inneall an eitleáin, Domhnall in aice leis. Ní raibh a fhios ag na páistí conas a dhéanfaidís a mbealach sa dorchadas. Thosaigh an lián ag casadh, agus ghluais siad ar aghaidh, go mall ar dtús. Bhí siad ag taisteal go tapa ar an talamh, sular mhothaigh siad an t-eitleán ag éirí san aer.

Ní fhaca siad aon rud go dtí go raibh siad ag eitilt thar an chósta. Chonaic siad na soilse ó bhailte cois farraige ag scaladh ar an uisce thíos fúthu.

Somhairle ag treorú an eitleáin, Domhnall ag roinnt cácaí agus oráistí eatarthu ar fad, na páistí ag ithe gach rud a tugadh dóibh. Trí a chlog i ndorchadas na maidine, iad thuas sa spéir ar a mbealach go dtí an Afraic agus ní raibh a fhios ag éinne iad a bheith imithe. Cheap na páistí go raibh sé aisteach agus eachtrúil ag an am céanna.

I ndeireadh na dála thit na páistí ina gcodladh, díreach roimh éirí na gréine. Bhí Domhnall agus

Somhairle ag caint lena chéile ina dteanga Gàidhlig féin. Bhí na céadta míle eitilte acu roimh bhreacadh an lae agus b'iontach an radharc é éirí na gréine thuas san eitleán. Bhain an bheirt phíolóta antaitneamh as, cé gur minic cheana a chonaic siad an radharc céanna. D'athraigh na dathanna sa spéir agus las an t-eitleán le solas ór nuair a nocht an ghrian.

"Is é an trua nach bhfuil na páistí ina ndúiseacht chun é seo a fheiceáil," arsa Domhnall.

"Ná dúisigh iad," arsa Somhairle, "beidh na laethanta rompu amach níos crua ná mar a cheapann siad."

Nuair a dhúisigh na páistí bhí an ghrian go hard sa spéir agus bhí gach rud bán faoin eitleán. Shíl an Prionsa Eoin gur sneachta a bhí ann.

"A Shomhairle," arsa Eoin, "dúirt mé leat eitilt go dtí an Afraic, táimid timpeall an Mhoil Thuaidh anois!"

"Sin iad na scamaill, a amadáin!" arsa Nóirín.

Bhí Eoin ar buile nuair a thosaigh na páistí eile ag gáire faoi.

I gceann tamaill bhí boladh ispíní le mothú ag teacht ón gcistin bheag ar chúl an eitleáin. Bhí Domhnall ag ullmhú bricfeasta dóibh.

Lig na páistí béic astu nuair a bhris na scamaill fúthu; gaineamh a bhí anois fúthu. Cúpla nóiméad ina dhiaidh sin bhí siad ag eitilt thar shléibhte agus ansin thar ghaineamh arís.

"Cá bhfuilimid?" arsa Colm.

"Táimid os cionn na hAfraice," arsa Domhnall, a bhí ag roinnt ispíní, slisíní agus sceallóga go flúirseach ar gach duine.

"Nach iontach go raibh an suipéar againn aréir i mBaile Átha Cliath," arsa Colm, "agus gur os cionn na hAfraice atáimid ag ithe an bhricfeasta!"

"A Shomhairle," arsa Deirdre, "an bhfuil a fhios agat cén áit inar thángthas ar eitleán ár dtuismitheoirí?"

"Taispeánfaidh Domhnall daoibh ar an léarscáil í," arsa Somhairle.

D'fhéach na páistí ar an léarscáil ach ba dheacair í a thuiscint.

"Tá brón orm anois nár chuir mé níos mó suime sna ranganna tíreolais ar scoil," arsa Eoin. "Níl cur amach ar bith agam ar an Afraic."

Chuir Domhnall marc ar an léarscáil san áit ina raibh siad, agus marc eile san áit ina bhfuarthas eitleán Mhuintir Uí Bhroin. Shíl an Prionsa Eoin nach raibh siad i bhfad ón áit ar thuirling *An tIolar Bán* ach d'inis na fir dó go raibh siad ocht gcéad míle uaithi fós.

"Caithfimid díosal a fháil anois," arsa Somhairle. "Táimid cóngarach d'aerfort beag i dTimbuctú. Beidh orainn tuirlingt ansin. Caithfidh na páistí dul i bhfolach faoi na blaincéid mar b'fhéidir go mbeadh gardaí dá gcuardach."

Chuaigh na páistí i bhfolach faoi na blaincéid agus d'fhan ina dtost. Bhí eagla an domhain orthu go gcuirfí ar ais go hÉirinn iad tar éis an turais fhada a bhí déanta acu.

I Lár na hAfraice

Nuair a thuirling an t-eitleán chun díosal a fháil in aerfort Timbuctú, tháinig na daoine go léir amach chun an t-eitleán iontach a fheiceáil. Ní fhaca siad a leithéid d'eitleán riamh sa chuid sin den Afraic.

Chuaigh Somhairle síos chun íoc as an díosal agus d'fhan Domhnall ar an eitleán. D'fhiafraigh garda de cá mhéad paisinéir a bhí ar bord aige.

"Níl ann ach an bheirt againn," arsa Somhairle.

Bhí meicneoir ag cur díosail isteach san eitleán agus bhí an boladh ag cur fonn casachta ar na páistí faoi na blaincéid. Bhí beirt de na gardaí ag iarraidh dul ar bord an eitleáin ach bhí Domhnall ina sheasamh sa doras. Ní raibh siad in ann dul thar an Sciathánach mór.

Bhí Somhairle ag scrúdú na n-inneall san eitleán. Bhí rud éigin tugtha faoi deara aige nach raibh i gceart, agus ghlaoigh sé ar Dhomhnall teacht anuas chuige. Nuair a d'fhág Domhnall an doras bhí deis ag na gardaí féachaint isteach ann. Chonaic duine amháin acu an carn blaincéad ar chúl an eitleáin agus bhí sé díreach réidh chun dul síos ann agus é a scrúdú. Ní raibh gíog as na páistí. Nuair a chonaic Domhnall go raibh duine san eitleán lig sé béic as.

"Amach as sin leat! Níl aon chead agat dul ar bord ár n-eitleáin."

"Caithfidh tú cead a thabhairt dúinn," arsa an garda. "Fuaireamar scéal ar an raidió go bhfuil ceathrar páistí ar iarraidh ó Éirinn. Tá Rí an Oileáin Sciathánaigh ag tabhairt suim mhór airgid don té a aimseoidh iad. Deirtear go ndeachaigh siad go dtí an Afraic ar eitleán."

Nuair a chuala na páistí é seo bhí díomá orthu. Bhí siad cinnte go raibh deireadh lena dturas eachtrúil.

Chuala Somhairle é freisin. Chas sé lián an eitleáin. Rith sé suas na céimeanna. Chaith sé an garda a bhí istigh síos na céimeanna, agus léim isteach i suíochán an phíolóta. Rinne an garda eile iarracht ar ghreim a fháil ar Dhomhnall ach d'éalaigh sé suas go doras an eitleáin. Dhúisigh Somhairle inneall an eitleáin agus ghluais sé thar an talamh. Bhí na gardaí ar buile.

D'éirigh an t-eitleán ón talamh agus bhí siad slán. Tháinig na páistí amach as an áit ina rabhadar i bhfolach.

"Beidh gach aerfort san airdeall ar an eitleán seo

anois," arsa Domhnall.

"An dóigh leat go dtiocfaidh eitleán eile inár ndiaidh?" arsa Deirdre.

"Ní bheadh aon mhaith ann," arsa Somhairle, "ba dheacair eitleán níos tapúla ná seo a fháil san Afraic. Ach caithfimid an áit inar thuirling *An tIolar Bán* a shroicheadh go tapa. Ní féidir linn díosal a fháil in aon aerfort eile."

Lean siad ar aghaidh ag baint taitnimh as na radhairc áille a bhí fúthu. Bhí na páistí ag ithe milseán agus seacláide san iarnóin nuair a chuala siad na fir ag caint go hard lena chéile sa Ghàidhlig.

"Cad atá á rá acu?" arsa Colm le hEoin.

"Deir siad go bhfuilimid cóngarach don áit inar thuirling *An tIolar Bán*," arsa Eoin; "dúirt Domhnall go raibh sé anseo cheana ag fáil ainmhithe don zú Sciathánach. Is áit an-fhiáin í."

D'ísligh an t-eitleán chun an talamh a chuardach. Bhí Domhnall agus na páistí ag féachaint síos ar an talamh an t-am go léir.

Lig Deirdre béic aisti: "Féach! Féach! Sin é *An tIolar Bán*. A Shomhairle, cas timpeall go tapa."

Chas Somhairle an t-eitleán agus faoi cheann cúpla nóiméad bhí siad díreach os cionn *An tIolar Bán*. D'fhéach na páistí síos go brónach air. Seo an t-eitleán céanna ar fhág siad slán leis in Éirinn seachtain ó shin. Ach an uair seo ní raibh a

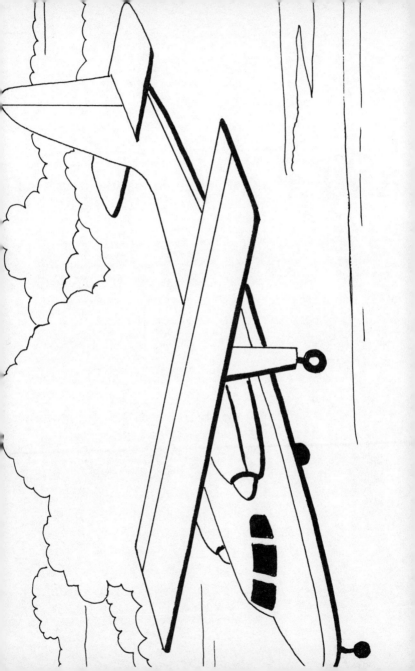

dtuismitheoirí ann chun féachaint amach orthu. Thosaigh Nóirín ag gol.

"Beidh sé an-deacair tuirlingt ansin," arsa Somhairle. "Tá talamh mín gann ann."

"Déan iarracht tuirlingt thall ansin más ea," arsa Domhnall.

Chuaigh an t-eitleán timpeall i gciorcal arís agus threoraigh Somhairle idir na crainn é. Bhí an talamh garbh, ach ní raibh aon áit níos fearr timpeall. Thuirling roth amháin ar charraig. Shíl gach duine go raibh an t-eitleán chun iompú ar a thaobh ach dhírigh Somhairle díreach in am é.

Mhúch sé na hinnill. B'ait leo an ciúnas tar éis fhuaim na n-inneall ar feadh an turais fhada. D'éirigh na páistí as a suíocháin agus rith siad go dtí an doras.

"Fan anseo," arsa Domhnall, "rachaidh mise amach ar dtús chun féachaint timpeall."

Chuaigh sé amach, a ghunna ina lámh aige. Ní raibh éinne eile le feiceáil. Timpeall dhá mhíle siar uathu bhí sléibhte le feiceáil. Bhí crainn ag fás ar an taobh eile dóibh. Ní fhaca na páistí a leithéid de chrainn riamh.

"Tá na héin an-aisteach anseo, leis," arsa Deirdre ag féachaint amach tríd an bhfuinneog, "tá dathanna iontacha orthu."

Tháinig Domhnall ar ais.

"An féidir linn dul amach?" arsa Colm.

"Is féidir," arsa Domhnall, "ní fhaca mé éinne."

Bhí áthas ar na páistí a bheith ar an talamh arís, ach bhí sé an-te. Shiúil siad go dtí *An tIolar Bán,* a bhí cúpla céad slat uathu. D'fhéach na fir ar na hinnill, agus chonaic Domhnall go raibh píob ola ar cheann acu.

"Is dócha gurb é seo an fáth gur thuirling siad go tobann san áit iargúlta seo," arsa Domhnall. "Is cosúil go raibh duine á dheisiú ach nár chríochnaigh sé é."

Chuaigh siad ar ais chuig eitleán Eoin arís agus d'ith siad béile faoi na crainn. Bhí an ghrian ag dul faoi. D'fhéach Somhairle ar a uaireadóir.

"Tá sé ródhéanach tosú ag cuardach tráthnóna," ar seisean, "amárach casfaimid leis an dream áitiúil. B'fhéidir go mbeadh Domhnall in ann iad a thuiscint. Bhí sé sa tír seo ag fáil ainmhithe don zú Sciathánach agus d'fhoghlaim sé cúpla focal den teanga áitiúil."

Tháinig an dorchadas go tobann. Bhí ionadh ar na páistí.

"Ní raibh aon tráthnóna ann," arsa Deirdre, "é ina lá nóiméad amháin, ina oíche an chéad nóiméad eile!"

"Sin mar a bhíonn sa chuid seo den Afraic," arsa Domhnall. "Anois, is féidir libhse codladh ar na blaincéid. Beidh Somhairle nó mé féin ag faire ar feadh na hoíche."

"Ní gá faire orainn," arsa Colm.

"Nár imigh bhur dtuismitheoirí gan trácht orthu san áit seo seachtain ó shin," arsa Domhnall.

Chuir sin eagla ar na páistí. Ní sa bhaile in Éirinn a bhí siad anois. Bhí siad i dtír strainséartha inar imigh a dtuismitheoirí gan tásc ná tuairisc an tseachtain roimhe sin.

Las na fir tine a choiméadfadh uathu na hainmhithe fiáine. Luigh na páistí siar ar na blaincéid, ag smaoineamh ar na heachtraí a bhí rompu agus iad ag cuardach a dtuismitheoirí. Shuigh Somhairle in airde ar charraig mhór ag faire, gunna ina lámh aige. Chualathas glóraíl na n-ainmhithe fiáine sna cnoic thart timpeall.

Ag Lorg Eolais

Chomh luath is a d'éirigh an ghrian, dhúisigh na fir na páistí. Bhí ionadh an domhain orthu dúiseacht amuigh faoin spéir. Ach nuair a chuimhnigh siad ar an áit ina rabhadar, thosaigh siad ag bocléimneach timpeall na gcrann agus na gcarraigeacha.

"Féach," arsa Eoin. "Loch beag! Is féidir linn dul ag snámh ann."

"B'fhéidir go n-íosfadh crogall sibh," arsa Domhnall; "nach dtuigeann sibh go bhfuil gach sórt ainmhí atá sa zú sa bhaile ar fáil timpeall na háite seo?"

Chuir an chaint sin eagla ar na páistí, go háirithe ar Nóirín, an duine ab óige. Scrúdaigh Domhnall an loch beag agus dúirt sé go mbeadh sé sábháilte iad féin a ní ann.

Nigh na páistí iad féin ach níor fhan siad i bhfad sa loch mar fuair siad boladh ispíní a bhí á bhfriochadh ag Somhairle ar an tine.

D'ith gach duine béile mór mar bhí blas níos fearr ar an mbia amuigh faoin spéir.

"Cad a dhéanfaimid inniu?" arsa Colm. "An rachaimid ag cuardach anois díreach?"

"Ní féidir linn," arsa Somhairle, "níl aon eolas againn ar an áit, nó faoi cad a tharla do bhur dtuismitheoirí."

"Conas a gheobhaimid eolas ar an áit?" arsa Colm.

"An bhfeiceann sibh deatach ag éirí idir na cnoic úd thall?" arsa Domhnall. "Ciallaíonn sé sin go bhfuil daoine ann. Táimse in ann an teanga áitiúil a thuiscint ón am a raibh mé amuigh anseo ag fáil ainmhithe don zú san Oileán Sciathánach. Labhraítear an teanga chéanna ar feadh míle míle i lár na hAfraice."

"An rachaimid go léir go dtí an áit ina bhfuil an deatach?" arsa Nóirín.

"Ní rachaidh," arsa Somhairle. "Rachaidh Domhnall leis féin. Beidh sé níos éasca do dhuine amháin dul i bhfolach má bhíonn aon bhagairt ann."

"Ná bíodh aon imní oraibh fúm," arsa Domhnall. "Tá gunna beag i mo phóca agam. Nach iomaí uair a bhí mé in áiteanna níos measa!"

D'fhan na páistí ina staiceanna ag féachaint ar Dhomhnall ag siúl i dtreo an deataigh.

"Ní féidir libh fanacht ansin go bhfillfidh Domhnall," arsa Somhairle. "Seans nach mbeidh sé ar ais go dtí anocht. Caithfimid adhmad a bhailiú

29

chun tine a lasadh. Beidh an deatach ón tine ina threoir aige ar a bhealach ar ais."

Bhailigh siad a lán adhmaid ó na coillte thart timpeall orthu cé gur éirigh an ghrian chomh te sin i lár an lae go raibh orthu dul ar fothain faoi na crainn ar feadh tamaill.

Nuair a thosaigh an ghrian ag dul faoi las siad tine mhór agus shuigh siad go léir thart timpeall uirthi ag fanacht ar Dhomhnall. Bhí na réaltóga ag lonrú sa spéir. Níos déanaí chuala siad glór Dhomhnaill amuigh sa dorchadas. Colm an chéad duine a chuala.

"'Dhomhnaill?" ar seisean.

"Sea," arsa Domhnall, "táim ar ais, agus táim traochta! Bhí orm na mílte a shiúl ar thalamh gharbh sular tháinig mé a fhad leis an áit ina raibh an deatach."

"Aon scéal agat?" arsa Nóirín. "Ar chuala tú aon rud faoinár dtuismitheoirí?"

"Tá scéal agam ceart go leor," arsa Domhnall, "agus is aisteach an scéal é."

Tar éis do Dhomhnall rud éigin a fháil le hithe, thosaigh sé ar an scéal a aithris.

"Tháinig mé ar champa beag fear a bhí ag seilg. Nuair a chonaic siad mé bhí eagla an domhain orthu."

"Cén fáth?" arsa Colm.

"Fuair mé amach níos déanaí gur cheap siad gur duine ón sliabh rúnda a bhí ionam."

Thosaigh gach duine ag gáire.

"Conas a d'fhéadfadh sliabh a bheith 'rúnda'?" arsa Eoin.

"Áit éigin anseo, dar leo, tá sliabh agus tá treibh ar leith ina gcónaí ann. Ní cosúil leis na daoine áitiúla iad in aon chor. Tá gruaig agus féasog fíorrua acu – cosúil liom féin agus le Somhairle. Tá craiceann buí acu i gcomparáid le craiceann dubh ghnáthmhuintir an cheantair. Níl aon bhaint acu leis na daoine eile anseo. Ceapann an ghnáthmhuintir go bhfuil cumhachtaí draíochtacha ag muintir an tsléibhe rúnda seo. Sin an fáth go raibh siad scanraithe nuair a chonaic siad mise."

"A leithéid de scéal!" arsa Eoin, "rachaimid anois go dtí an sliabh rúnda seo."

"Ní féidir linn dul ann anois, a amadáin," arsa Colm, "éist le scéal Dhomhnaill."

"An raibh aon eolas acu faoi Mhamaí agus Daidí?" arsa Nóirín.

"Ní raibh," arsa Domhnall, "ach tá aithne acu ar fhear a chonaic *An tIolar Bán* ag tuirlingt. Dúirt siad go gcuirfeadh siad an fear sin chugainn amárach. Le cuidiú Dé beidh eolas éigin aige sin fúthu."

D'fhan siad ina ndúiseacht ar feadh tamaill

fhada an oíche sin ag caint faoin treibh neamhghnách a raibh cónaí orthu sa sliabh rúnda. Dúirt Deirdre gurbh fhéidir gurb as pláinéad eile iad. Thosaigh gach duine eile ag gáire fúithi.

"Bhí sibh ag gáire faoin bhfaitíos a bhí orm agus Mamaí agus Daidí ag fágáil Éirinn freisin," ar sise, "agus féach gach rud a tharla ó shin!"

I ndeireadh na dála, d'fhéach Somhairle ar a uaireadóir.

"Tá sé an-déanach," a dúirt sé. "Caithfimid go léir dul a chodladh. Beidh mise i m'fhear faire ar feadh na hoíche anocht. Caithfidh go bhfuil tusa traochta, a Dhomhnaill."

I gceann tamaill bhí gach duine ina gcodladh ach amháin Somhairle. Shuigh sé in airde ar charraig faoi na crainn, a ghunna ina lámh aige. Chonaic sé scáth na n-ainmhithe fiáine sa dorchadas, ach cé gur mhothaigh siad boladh daoine san aer, bhí eagla orthu teacht níos cóngaraí don tine.

32

An Fear Gorm agus an Buachaill

Sular éirigh an ghrian róthe ar maidin lá arna mhárach, tháinig an fear áitiúil a chonaic *An tIolar Bán* ag tuirlingt. Fear mór agus cuma gharbh air a bhí ann agus buachaill óg in éineacht leis. Dúirt an fear le Domhnall gur buachaill antrioblóideach a bhí ann agus gur chuir a athair chuige é chun smacht a chur air.

"Is mise a uncail," arsa an fear le Domhnall ina theanga féin.

Ansin chuir Domhnall ceist ar an bhfear faoin eitleán a chonaic sé ag tuirlingt.

Rinne an fear comharthaí agus é ag labhairt ionas go dtuigfí a scéal. Bhí Domhnall in ann é a thuiscint agus d'aistrigh sé gach rud do Shomhairle agus na páistí.

"Deir sé go raibh sé amuigh ag fiach nuair a chuala sé torann aisteach ón spéir. Chonaic sé éan an-mhór torannach sa spéir. Thuirling an t-éan mór seo cóngarach dó. Chuaigh sé i bhfolach taobh thiar de chrann ar eagla go n-íosfadh sé é."

Lean an fear leis an scéal agus lean Domhnall

leis an aistriúchán.

"Tháinig beirt den chine geal amach faoi sciathán an éin agus thosaigh siad ag útamáil leis. Ansin chonaic sé muintir an tsléibhe rúnda ag teacht trí na crainn, an treibh chrónbhuí rua. Tá an oiread sin eagla ar gach duine roimh mhuintir an tsléibhe gur rith sé ón áit chomh tapa is a bhí ina chosa."

Bhí díomá ar na páistí nach bhfaca an fear áitiúil cad a tharla dá dtuismitheoirí. Ach ba shoiléir anois gurb iad muintir an tsléibhe a ghabh iad.

"Chonaic mise scannán," arsa Deirdre, "inár thóg daoine ó phláinéad eile fear ar ais go dtí a bpláinéad féin chun scrúdú a dhéanamh air."

"Tá Deirdre ag tosú ar a seafóid faoi dhaoine ó phláinéid eile arís," arsa Colm.

Chuir Domhnall ceist ar an bhfear áitiúil faoin mbealach go dtí an Sliabh Rúnda. Bhí eolas aige ar an mbealach ach dúirt sé go mbeadh eagla air dul ann. Thaispeáin Domhnall ceamara beag don fhear a thugann grianghraf duit nóiméad tar éis é a ghlacadh. Ghlac sé grianghraf den bhuachaill gorm agus thug don fhear é. Cheap an fear gurb iontach go deo an rud é, mar ní fhacthas a leithéid de rud san áit iargúlta sin riamh roimhe sin.

Thairg Domhnall an ceamara don fhear ar an gcoinníoll go dtabharfadh sé chun an tSléibhe Rúnda é. Cheap sé gur rud draíochtach é an ceamara, agus bhí sé sásta leis an socrú.

Chuir gach duine a lán bia i málaí agus fuair siad éadaí breise as an eitleán.

"Beidh sé i bhfad níos fuaire thuas sna sléibhte ná mar atá anseo," arsa Somhairle nuair a bhí na páistí ag clamhsán faoi na héadaí breise. Rinne Somhairle scrúdú ar an dá eitleán ionas go mbeadh siad réidh le himeacht go tapa dá mba ghá.

Bhí na páistí ar bís nuair a thuigeadar go raibh siad ag dul go dtí an Sliabh Rúnda. Ach bhí imní ar na fir faoin treibh a raibh cónaí orthu ann.

Chuir Somhairle glas ar dhoirse an dá eitleáin. "Tá súil agam go mbeidh siad sábháilte," arsa Colm, "nuair a bheimid imithe."

"Bheadh eagla ar na daoine áitiúla dul isteach iontu," arsa Somhairle. "Ceapann siad gur éan mór é an t-eitleán."

Chuaigh an fear áitiúil chun tosaigh agus iad ag fágáil na háite. Bhí an buachaill áitiúil ar chúl an ghrúpa. Nuair a chuala sé na páistí eile ag caint eatarthu féin i nGaeilge dúirt sé: "Mise Antella, Mise Antella." Bhí ionadh an domhain ar na páistí focal Gaeilge a bheith ag buachaill ón Afraic. Nuair a chuir Domhnall ceist faoi seo ar an bhfear, dúirt sé go raibh dream misinéirí ó Éirinn ag múineadh páistí san áit ina raibh a dheartháir ina chónaí. Bhí Antella ar scoil ann, ach bhí sé chomh trioblóideach agus chomh fiáin sin gur cuireadh chuige é chun é a choimeád faoi chois. Mhínigh Domhnall an scéal do na páistí.

"Is dócha gurb ansin a chuala Antella an focal Gaeilge," arsa Colm. "B'fhéidir gur chuala sé misinéirigh ag caint eatarthu féin agus d'aithin sé an teanga."

"Caithfidh gur buachaill an-chliste é," arsa Deirdre. "Má bhí a fhios aige go rabhamar ag labhairt na teanga céanna."

Bhí áthas an domhain ar Antella nuair a chuala sé na páistí eile ag caint faoi. B'iontach an rud é dó a bheith le páistí eile mar bhí sé ina chonaí lena uncail, a bhí an-dian air. Bhailigh sé triopall bláthanna agus thug sé do Cholm é. Bhí Colm ar buile nuair a chonaic sé na páistí eile ag gáire faoi. Chuaigh Antella suas crann, phioc toradh aisteach ar dhath an óir agus thug síos chuig na páistí é.

"Tá blas álainn ar an toradh seo – tá sé chomh milis le mil," arsa Nóirín. Bhí áthas ar Shomhairle agus ar Dhomhnall go raibh Antella cairdiúil leis na páistí, mar bhí sé an-deacair a bheith cairdiúil leis an uncail ar duarcán ceart é.

Turas Fada chun an tSléibhe Rúnda

Bhain na páistí an-taitneamh as an siúl agus as cuideachta a gcarad nua. Isteach i gcoill mhór a bhí siad ag dul anois. Ní bheadh sé chomh te céanna ann mar go mbeadh na crainn mar scáth ón ngrian. Rith na moncaithe go tapa uathu nuair a chonaic siad ag teacht iad. B'iontach an radharc é na céadta moncaithe ag dreapadóireacht agus ag luascadh sna crainn. Chonaic na páistí ainmhithe móra fiáine i bhfad uathu freisin.

"Tá súil agam nach dtiocfaidh siad inár ndiaidh," arsa Nóirín.

"Ná bíodh eagla ort," arsa Deirdre, "nach bhfuil gunnaí ag Somhairle agus ag Domhnall, agus tá sleánna ag an bhfear áitiúil."

Níos déanaí, áfach, chonaic siad leon ag teacht níos cóngaraí dóibh. Scaoil Somhairle urchar leis agus ghortaigh sé é. Bhí an fear áitiúil ar buile. Bhí a fhios aige go mbíonn ainmhithe níos dainséaraí nuair a bhíonn siad gortaithe. Tháinig an leon chucu go fíochmhar, a shúile dírithe go géar orthu. D'ardaigh na hAlbanaigh a ngunnaí ach sular scaoil

siad chaith an fear áitiúil sleá go tréan agus bhuail
an leon sa mhuineál. Níorbh fhéidir leis an gcuid
eile acu é a chreidiúint.

Lean siad ar aghaidh, an fear áitiúil chun tosaigh
ar an ngrúpa arís, é an-bhródúil as a ghníomh. Faoi
dheireadh chonaic siad an ghrian ag lonrú trí na
crainn os a gcomhair.

"Caithfidh go bhfuilimid ag teacht a fhad le
deireadh na coille," arsa Somhairle.

Thóg siad sos ón siúl ar imeall na coille mar bhí
an ghrian go hard sa spéir agus ba dheacair siúl sa
teas uafásach. D'ith siad béile mar bhí ocras ar gach
duine tar éis an turais fhada.

Nuair a thosaigh an ghrian ag dul faoi lean siad
leis an turas. Bhí an talamh ag ardú anois mar bhí
siad ag dul suas sna sléibhte. Chonaic na fir go
raibh tuirse ar na páistí, agus go háirithe ar an
bPrionsa Eoin. Nuair a thit an dorchadas luigh an
dream síos faoi scáth carraig mhór. Las na fir tine
agus rinne siad uainíocht ar fhaire na hoíche.

An mhaidin dár gcionn bhí na páistí agus na fir
ina ndúiseacht le breacadh an lae. Thosaigh siad ag
siúl go luath, sular éirigh an ghrian róthe. D'inis an
fear gorm do Dhomhnall go mbeadh orthu siúl suas
go dtí an chonair idir an dá shliabh os a gcomhair.
As sin bheadh siad in ann an Sliabh Rúnda a
fheiceáil. Bhí an siúl ag éirí níos crua agus iad ag

teacht fad leis an gconair, ach ní raibh focal
clamhsáin as na páistí mar bhí fonn orthu an Sliabh
Rúnda a fheiceáil.

Bhí gach duine traochta nuair a shroich siad an
chonair idir an dá shliabh, agus sheas siad ar feadh
tamaill fhada ag féachaint ar an radharc iontach os a
gcomhair amach.

Chonaic siad an sliabh aisteach rúnda ar a raibh
siad ag smaoineamh le cúpla lá. Bhí fána ghéar ar
gach taobh de agus d'fhás crainn aisteacha bhuí ar
thaobhanna an tsléibhe. Dúirt an fear áitiúil go
n-athraíonn dath na gcrann go dearg ag séasúr éigin
gach bliain.

"Nach ait an rud é go bhfuil treibh ina gcónaí
leo féin i sliabh mar sin," arsa Colm, "agus gan
baint acu le héinne eile."

"Tarlaíonn sé go minic go mbíonn dream ina
gcónaí leo féin ar oileán nó i lár coille," arsa
Somhairle, "ach níor chuala mé riamh faoi dhaoine
a bheith ina gcónaí i lár sléibhe."

"Caithfidh go bhfuil uaimheanna i lár an
tsléibhe" arsa Domhnall. "Bheadh sé ródhíreach
dreapadh suas ar thaobh an tsléibhe ar aon nós."

"Conas go mbeadh go leor spás ag daoine le
bheith ina gcónaí in uaimheanna," arsa Nóirín agus
í ag gáire.

"Nach bhfuil a lán uaimheanna sa bhaile," arsa

39

Colm, "agus is féidir siúl tríothu ar feadh na mílte."

Dúirt an fear gorm go raibh seisean ag filleadh ar ais anois mar go raibh eagla air dul róchóngarach don sliabh aisteach rúnda.

"Abair leis nach dtabharfaimid an ceamara dó mura dtabharfaidh sé sinn díreach go bun an tsléibhe," arsa Somhairle. "Beidh eolas níos fearr aige ar bhealaí tríd an bhfásach seo."

Léim an fear gorm ar an talamh le teann feirge nuair a chuala sé é seo. Ach faoi dheireadh dúirt sé go dtabharfadh sé ann iad, mar bhí fonn air an ceamara a fháil, agus cheap sé go mbeadh meas mór air i measc a mhuintire féin agus gléas dá leithéid aige.

Ar an mbealach tháinig siad a fhad le habhainn bheag. D'fhás crainn ar a dá thaobh agus cheangail na craobhacha le chéile os cionn an uisce. De bharr sin bhí sórt tollán glas craobhaigh ag cur scátha ar an abhainn.

Ba dheacair siúl cois na habhann leis na crainn. Fuair Antella agus a uncail adhmad agus rinne siad roinnt raftaí báid tríd an t-adhmad a cheangal le chéile. Cheap an dream geal gurbh iontach an smaoineamh é. Shuigh an fear gorm, Antella agus Colm ar an gcéad cheann. Shuigh Somhairle, an Prionsa Eoin agus Deirdre ar an dara ceann agus Domhnall agus Nóirín ar an gceann deireanach.

Bhí na raftaí corrach san uisce agus chrith na páistí leis an eagla. Thaistil siad go tapa mar bhí an t-uisce ag gluaiseacht gan mhoill. Bhain draíocht leis an turas, an t-ochtar acu ag seoladh ar an abhainn sa tollán glas idir na crainn.

"Is maith an rud é gur tháinig an fear gorm linn," arsa Colm. "Ní bheidh muintir an tsléibhe in ann sinne a fheiceáil sa tollán seo faoi na crainn."

"Más daoine ó phláinéad eile iad," arsa Deirdre, "b'fhéidir go mbeadh gléasanna acu chun féachaint trí na crainn."

"Tú féin agus do chuid seafóide arís, a Dheirdre!" arsa Colm.

Tar éis tamaill ghlaoigh an fear gorm ar Dhomhnall ag rá go mbeadh orthu stopadh ag an gcéad ros eile. "Beir greim ar chraobh chrainn ag ros na habhann," arsa Domhnall leis na páistí.

Rug Antella agus a uncail greim ar chraobh agus léim siad den rafta gan aon trioblóid, mar bhí a leithéid á déanamh acu gach lá. Chabhraigh siad le Colm teacht den rafta freisin. Nuair a tháinig an dara bád rug Somhairle greim ar chraobh ach thit an Prionsa Eoin isteach san uisce.

Thosaigh sé ag béicíl go hard, "Cabhraígí liom! Báifear mé!"

"Dún do bhéal, a amadáin," arsa Colm, "nó cloisfidh muintir an tsléibhe thú."

Léim Antella amach san abhainn agus tharraing sé an Prionsa isteach go dtí an bruach. Cé gur thit Nóirín amach san abhainn freisin níor oscail sí a béal, mar bhí Domhnall tar éis insint di go raibh siad an-chóngarach don sliabh anois. Isteach le hAntella arís agus chabhraigh sé le Nóirín teacht amach as an uisce.

"Mise go maith," ar sé, nuair a bhí gach duine ag moladh a chumais shnámha, é brodúil freisin as na focail nua Ghaeilge a bhí á bhfoghlaim aige ó na páistí eile.

Shiúil gach duine go ciúin i ndiaidh an fhir ghoirm go dtí crann mór leathan a bhí clúdaithe le duilleoga. Dhreap an fear suas an crann mór, ag baint úsáide as na craobhacha mar chéimeanna. D'fhéach sé amach trí na duilleoga ar feadh tamaill. Ansin thug sé comhartha don dream teacht aníos.

Dhreap siad an crann go ciúin. Bhí sé éasca mar ba chosúil leis na crainn mhóra daraigh a d'fheicfeá in Éirinn é ach go raibh sé níos mó. Ar bharr an chrainn d'fhéach siad amach trí na duilleoga. Bhí ionadh an domhain orthu go raibh an sliabh rúnda chomh cóngarach sin dóibh – ní raibh siad ach céad slat ó thaobh géar an tsléibhe.

"Caithfidh gur thaistealamar na mílte ar an abhainn," arsa Colm. Bhí cuma níos aistí fós ar an sliabh agus iad i gcóngar dó. Chonaic siad na

42

crainn aisteacha bhuí a bhí ag fás ar thaobh an tsléibhe go soiléir anois.

Cén rún a bhí taobh thiar de na crainn sin? Cá raibh muintir an tsléibhe? Cá raibh a dtuismitheoirí?

In Aice an tSléibhe

Bhí an fear gorm ag crith le heagla faoi seo. Cheap seisean go raibh cumhachtaí draíochtacha ag muintir an tsléibhe. Dúirt sé le Domhnall gur thug a athair go dtí an áit seo é uair amháin na blianta fada roimhe sin. Ach bhí fonn air imeacht as an áit anois agus filleadh ar a bhaile féin. D'inis Domhnall dó faoin áit ina raibh an ceamara i bhfolach in aice an eitleáin.

Ghabh siad go léir buíochas leis an bhfear as an gcabhair a thug sé dóibh ar an mbealach chuig an Sliabh Rúnda. Bhí fonn ar Antella fanacht leis na páistí, ach rug an t-uncail greim ar a chluas agus tharraing leis é.

Bhí na páistí eile ar buile.

"Ná lig dó a bheith chomh dian sin ar Antella bocht," arsa Eoin le Domhnall.

"Ní féidir aon raic a thógáil anseo," arsa Domhnall. "Chloisfeadh muintir an tsléibhe muid . . . má tá siad ann."

"Nach fear brúidiúil é," arsa Deirdre, ag féachaint go brónach ar an uncail ag tarraingt

Antella ina dhiaidh.

"Caithfimid áit chodlata a fháil," arsa Somhairle, "mar beidh sé dorcha i gceann tamaill."

"Má lasaimid tine anocht, b'fhéidir go bhfeicfeadh muintir an tsléibhe an deatach," arsa Colm.

"Is fíor duit," arsa Domhnall, "b'fhéidir go mbeadh sé níos sábháilte codladh thuas sa chrann seo."

"Beidh sé sin go hiontach," arsa Deirdre, "beidh sé cosúil leis an teach crainn atá againn sa bhaile." Shocraigh siad píosaí adhmaid agus éadaí thuas ar na craobhacha ionas go mbeadh áit chompordach luí acu don oíche.

Nuair a thit an dorchadas, lean an chaint chiúin faoin sliabh in aice leo ar feadh tamaill. Ach ar ball thit na páistí agus Domhnall ina gcodladh. D'fhan Somhairle ina dhúiseacht chun faire a dhéanamh.

Bhí Somhairle ag déanamh a mhachnaimh ar an dainséar a bhí rompu. Ina shuí ansin agus gach duine eile ina gcodladh, tháinig a lán smaointe isteach ina intinn. B'fhéidir gur mharaigh muintir an tsléibhe an Captaen Ó Broin agus a bhean. B'fhéidir go marófaí iad féin san áit iargúlta seo; an áit is iargúlta ar domhan, b'fhéidir.

Chonaic sé scáthanna na n-ainmhithe faoi sa dorchadas, agus chuala sé béiceanna uafásacha ó

ainmhithe fiáine in áit éigin eile san fhásach.
Caithfidh go raibh troid ar siúl idir leoin in áit éigin.
Ansin, chonaic sé cruth duine ag siúl idir na
crainn. Rug sé greim ar a ghunna. Shuigh sé go
ciúin. Bhí an cruth daonna seo ag siúl i dtreo an
chrainn ina raibh sé féin agus na páistí. Chonaic sé
sleá i lámh an duine. Caithfidh gur duine ón Sliabh
Rúnda a bhí ann. Bheartaigh sé an gunna a
scaoileadh leis. Ach ansin rith sé leis go
gcloisfeadh gach duine sa sliabh fuaim an ghunna.

Léim Somhairle ón gcrann anuas ar an duine
agus tharraing sé go dtí talamh é.

"Mise Antella," a scread an duine.

"A amadáin," arsa Somhairle, "ba bheag nár
mharaigh mé thú. Cá bhfuil d'uncail?" Thosaigh
Antella ag caint sa teanga Sváihílí ach níor thuig
Somhairle é. Dhúisigh siad Domhnall, a d'éist leis
an mbuachaill agus a d'aistrigh a scéal do
Shomhairle.

"Bhí a uncail an-chrua air i gcónaí agus bhí
Antella uaigneach i ndiaidh na bpáistí. Nuair a
chuaigh an t-uncail a chodladh ar an mbealach
abhaile, d'éalaigh sé uaidh agus tháinig sé ar ais go
dtí an crann seo, an áit dheireanach a chonaic sé
sinne."

"Is maith an rud é," arsa Somhairle, "b'fhéidir
go mbeadh sé in ann cabhrú linn. Tá níos mó taithí

ag Antella ar an bhfásach seo ná mar atá againne."

Bhí áthas an domhain ar na páistí ar maidin nuair a chonaic siad go raibh Antella ar ais. Léim an buachaill gorm timpeall na háite ag rá, "mise ar ais, mise ar ais."

"Caithfimid dul ag cuardach timpeall an tsléibhe go luath," arsa Somhairle, "sula n-éireoidh an ghrian róthe."

"Ní bheimid in ann dreapadóireacht suas ar thaobh an tsléibhe ar aon nós," arsa Colm, "tá fána róghéar ar gach taobh de."

"Rachaimid timpeall ag bun an tsléibhe," arsa Somhairle, "b'fhéidir go dtiocfaimis ar uaimh ag dul isteach tríd an sliabh." Tar éis an bhricfeasta thosaigh an dream beag ag siúl timpeall an tsléibhe. Bhí sé deacair a mbealach a dhéanamh idir na crainn agus tríd an dufair dhlúth, agus ba mhór an chabhair é Antella mar bhí sé in ann teacht ar chosáin a bhí déanta ag ainmhithe. Níorbh fhéidir leo dul ar aon chosán a bhí ró-oscailte ar eagla go bhfeicfeadh muintir an tsléibhe iad.

Tar éis tamaill chuala siad torann ard cosúil le toirneach.

"An eitleán é sin?" arsa Colm.

"Ní bheadh aon bhealaí eitleáin timpeall na háite seo," arsa Domhnall.

"B'fhéidir go bhfuil m'athair tar éis eitleán a

sheoladh chun muidne a thabhairt ar ais," arsa an Prionsa Eoin.

Thuig Antella go raibh siad ag caint faoin torann a bhí le cloisteáil go soiléir anois. Buachaill an-chliste ba ea é agus bhí sé ag foghlaim focal ó na páistí eile an t-am ar fad.

"Uisce," a dúirt sé. "Uisce!"

"Maith an fear," arsa Colm, "caithfidh gur eas atá ann chun an torann sin a dhéanamh." Bhí áthas an domhain ar Antella go raibh a fhios aige cá has a bhí an torann ag teacht. "Maith an fear," a dúirt sé, á mholadh féin, "maith an fear."

D'imigh siad i dtreo an torainn, é ag éirí níos airde an t-am ar fad. Shiúil siad amach idir dhá chrann agus chonaic siad eas mór díreach os a gcomhair amach. Tháinig an t-uisce amach as poll mór ar thaobh an tsléibhe agus thit sé céad troigh go dtí an talamh, áit ar thosaigh abhainn bheag.

"Nach iontach an radharc é sin," arsa Deirdre, "ní fhaca mé a leithéid riamh."

"Caithfidh go bhfuil abhainn ag rith trí lár an tsléibhe," arsa Colm.

"Conas a rachaimid trasna na habhann?" arsa Eoin.

"Ní bheimid in ann," arsa Domhnall. Thug Antella comhartha dóibh é a leanúint. Chuaigh sé síos cosán cois na habhann. Lean gach duine eile é.

Tháinig siad chuig tanalacht san abhainn agus bhí roinnt carraigeacha ann. Léim Antella trasna na gcarraigeacha go dtí an taobh eile gan aon dua. Lean gach duine eile é ar ball cé gur bheag nár thit an Prionsa Eoin isteach san abhainn arís. Lean siad ar a mbealach timpeall an tsléibhe ar an taobh eile den abhainn, ach níor tháinig siad ar aon uaimh nó slí isteach sa sliabh.

Tar éis tamaill chuala siad torann eile a bhain geit astu. Ach an uair seo d'aithin siad an torann. Guthanna doimhne fear.

"Caithfidh gur muintir an tsléibhe atá ann," arsa Somhairle i gcogar.

Luigh gach duine siar san fhéar ard faoi scáth na gcrann. Tháinig fuaim na nguthanna níos cóngaraí, ach ní raibh siad in ann aon rud a thuiscint. Ansin chonaic siad muintir an tsléibhe ag teacht timpeall rinn chreagach an tsléibhe. Triúr fear mór crónbhuí rua. Féasóga rua freisin orthu, agus sleánna ina lámha. Bhí an-chosúlacht acu leis an mbeirt Albanach, mar bhí gruaig rua ar Dhomhnall agus ar Shomhairle freisin.

Shiúil na sliabhadóirí i dtreo na háite ina raibh siad i bhfolach. Phreab croíthe na bpáistí go tréan.

"Teithimis!" arsa Colm go ciúin.

"Ní bheadh aon mhaith ann," arsa Somhairle, "bheadh na daoine sin róthapa dúinn."

"B'fhéidir nach bhfeicfeadh siad sinn," arsa Deirdre.

Thóg Domhnall a ghunna amach.

"Má scaoileann tú an gunna, cloisfidh an treibh go léir an macalla timpeall an tsléibhe," arsa Somhairle.

Ach ansin chas an triúr timpeall carraige agus sheas siad os comhair aghaidh an tsléibhe. Tugadh faoiseamh don dream a bhí i bhfolach nuair nach raibh na sliabhadóirí ag dul ina dtreo a thuilleadh. Ach rinne na hÉireannaigh iontas den rud a chonaic siad na sliabhadoirí a dhéanamh ansin. Bhrúigh an triúr ar charraig in aghaidh an tsléibhe.

"Cad atá á dhéanamh acu?" arsa Deirdre i gcogar. Ansin chas an charraig timpeall agus bhí poll cosúil le huaimh le feiceáil taobh thiar di. Isteach leis an triúr agus tar éis nóiméid chas an charraig ar ais ina háit. Ní bheadh a fhios ag éinne go raibh aon rud taobh thiar di!

"Buíochas le Dia go bhfuil siad imithe," arsa an Prionsa Eoin, "bhí mé cinnte go marófaí sinn."

"An ag taibhreamh a bhíos," arsa Colm, "nuair a chonaic mé na fir ag casadh na carraige sin?"

"Ní hea," arsa Somhairle, "agus tá a fhios againn anois conas dul isteach sa sliabh. B'fhearr i bhfad dúinn dul ar ais go hÉirinn agus níos mó cabhrach a fháil sula rachaimid isteach ann, áfach."

Lig Colm scread as féin, "nílimid ag dul ar ais

in éagmais ár dtuismitheoirí. B'fhéidir go mbeadh siad marbh nuair a d'fhillfimis."

"Bheadh sé ródhainséarach do pháistí dul isteach ansin," arsa Somhairle.

"Níl mise ag dul ar ais," arsa Colm, "agus sin sin."

Thosaigh Domhnall ag gáire. "Ní haon mhaith a bheith ag smaoineamh faoi dhul ar ais. Tá na páistí seasmhach faoi dhul ar aghaidh. Bhíomar ag cuardach slí isteach sa sliabh agus tá sé faighte againn anois."

D'aontaigh gach duine le Domhnall agus faoi dheireadh dúirt Somhairle, "is dócha go rachaimid isteach mar sin."

D'fhág siad an áit ina raibh siad i bhfolach agus suas leo go dtí an charraig aisteach. Bhrúigh siad go léir ar an gcarraig mar a rinne an triúr sliabhadóirí níos luaithe. Tar éis a lán brú, chas an charraig agus nochtadh uaimh bheag. Isteach le Domhnall, tóirse i lámh amháin aige, gunna sa lámh eile. Lean Eoin, Nóirín agus Deirdre isteach é go dtí an uaimh dhorcha. Bhí Somhairle ar a bhealach isteach inti nuair a thosaigh an charraig ag luascadh ar ais sa pholl. Léim sé isteach go tapa sular brúdh faoin gcarraig é, ach fágadh Colm agus Antella amuigh. Rinne siad iarracht an charraig a stopadh, ach ba bheag nár brúdh a lámha faoi.

51

"Caithfidh gur bhuaileamar luamhán éigin i ngan fhios dúinn," arsa Domhnall. Anois bhí an poll dúnta agus Colm agus Antella fós amuigh, scartha ón dream eile. Bhrúigh siad ar an gcarraig ach ní raibh cor as. Bhrúigh siad suas agus síos é, ar deis agus ar clé ach ní raibh an bheirt bhuachaillí tréan go leor chun an charraig a bhogadh.

"Cad a dhéanfaimid anois?" arsa Colm, ach níor thuig Antella é.

Istigh sa Sliabh

Ar an taobh istigh bhí Deirdre as a meabhair nuair a thuig sí go raibh a deartháir, Colm, scartha uaithi.

"Tá sé amuigh sa dufair leis féin," ar sise.

"Beidh sé ceart go leor," arsa Domhnall. "Nach bhfuil Antella in éineacht leis? Tá níos mó eolais ag Antella ar an timpeallacht seo ná mar atá againne. Agus tá meas mór aige ar Cholm."

"Cad a dhéanfaimid?" arsa Eoin.

"Rachaimid ag cuardach Captaen agus Bean Uí Bhroin," arsa Domhnall. "Caithfidh go bhfuil siad istigh sa sliabh seo in áit éigin, má ghabh muintir an tsléibhe iad."

Tógadh croíthe na gcailíní ansin mar cheap siad go mbeadh deis acu teacht ar a n-athair agus a máthair.

San uaimh ina raibh siad, bhí sé dorcha ach amháin an solas a tháinig ó thóirse Dhomhnaill. Bhí ballaí na huaimhe garbh, cé go raibh an t-urlár bog mín agus bhí sé éasca siúl air. Shiúil an cúigear tríd an uaimh go dtí gur tháinig siad chuig doras

mór a bhí déanta as adhmad crua. Bhí Domhnall
agus Somhairle ag caint eatarthu féin faoi cad a
b'fhearr a dhéanamh, nuair a osclaíodh an doras go
tobann.

D'fhéach an cúigear acu isteach in uaimh mhór
gheal a bhí lán de mhuintir an tsléibhe, sleánna ina
lámha acu.

"Cuir do ghunna i bhfolach," arsa Somhairle le
Domhnall, "ní haon mhaith a bheith ag iarraidh an
dream seo a throid."

Tháinig an ceannaire chuig an dream beag agus
dúirt sé rud éigin. Bhí Domhnall in ann ciall a
dhéanamh as a chaint mar bhí sé cosúil leis an
Sváihílí a labhair na gnáthdhaoine taobh amuigh
den sliabh.

"Caithfimid é a leanúint," arsa Domhnall leis an
gceathrar eile.

Ba phríosúnaigh déanta anois iad, mar bhí ar a
laghad fiche gaiscíoch os a gcomhair, agus fiche
gaiscíoch eile taobh thiar díobh. Shiúil an ceannaire
in aice leo, fear mór le héadaí galánta agus sórt
corónach ar a cheann.

Shiúil siad trína lán uaimheanna móra a bhí
cosúil le hallaí agus a bhí maisithe le pictiúir áille.

"Nach bhfuil na pictiúir go hiontach?" arsa
Eoin.

"Tá," arsa Deirdre, "ach níl na daoine cosúil

54

leis na daoine ó phláinéid eile a chonaic mise ar an teilifís sa bhaile."

"Nach ndúirt Colm leat go raibh sé sin seafóideach," arsa Eoin.

Bhí Somhairle ag clamhsán le Domhnall gur tháinig siad isteach sa sliabh sa chéad dul síos.

"Nach ndúirt mé gur fearr dúinn dul ar ais agus níos mó cabhrach a fháil."

Ar ball stop muintir an tsléibhe ag doras ar thaobh na huaimhe. Osclaíodh an doras agus cuireadh an cúigear isteach i sórt seomra a bhí gearrtha amach as an gcarraig. Cuireadh bolta ar an doras ón taobh amuigh agus bhíodar leo féin, príosúnaigh i lár an tsléibhe.

"Bhí mé cinnte," arsa Nóirín, "go raibh siad ár dtabhairt go dtí an áit ina bhfuil Mam agus Daid."

Bhí díomá ar Dheirdre freisin. "B'fhéidir nach bhfuil Mam agus Daid anseo in aon chor," ar sise, "cheapfá go gcuirfeadh siad san áit chéanna muid."

"Ní bheimid in ann cabhrú leo anois ar aon nós," arsa Somhairle. "Nach ndúirt mise nach raibh aon mhaith teacht isteach anseo linn féin?"

"Ní haon mhaith a bheith ag argóint," arsa Eoin.

Bhí siad ag caint faoin sliabh aisteach ina raibh siad nuair a tháinig gaiscíoch isteach chucu le béile. Cé go raibh an bia aisteach d'ith siad é mar bhí ocras orthu. D'fhág sé roinnt blaincéad dóibh freisin.

"Ní bheidh ocras orainn ar aon nós," arsa Domhnall.

"Nach iontach na héadaí atá orthu go léir?" arsa Deirdre.

"Tá sé iontach an chaoi ina ndearna siad áit chónaithe dóibh féin istigh sna huaimheanna seo," arsa Somhairle, "ní fhaca mé a leithéid riamh."

"Tá uaimheanna in Éirinn," arsa Deirdre, "agus bhí daoine ina gcónaí iontu fadó. Chuamar go dtí ceann i nDún Mór i gContae Chill Chainnigh, ach níl sí chomh mór leis seo in aon chor."

Rinne gach duine sórt leapa dó féin leis na blaincéid agus ar ball luigh siad siar orthu.

Ach níor chodail éinne mar bhí an iomarca imní orthu.

Cad a bhí rompu?

Cad a dhéanfadh Colm ar an taobh amuigh?

Cá raibh Captaen agus Bean Uí Bhroin?

Dúirt Somhairle gur mhaith an rud é go raibh Colm amuigh fós.

"B'fhéidir go mbeadh sé in ann cabhrú linn," a dúirt sé. "Tá Antella leis agus tá eolas maith aige ar an dufair."

Ach níor chreid éinne é.

"Conas a dhéanfadh Colm agus Antella aon rud leo féin?" a dúirt siad.

"Cén chabhair iad a bheith amuigh san fhásach?"

Colm agus Antella

Ar an taobh amuigh den sliabh bhí Colm imithe chun scaoill mar bhí sé scartha ón gcuid eile den dream. Bhí sé buíoch, áfach, go raibh Antella in éineacht leis, cé gur dheacair leis an buachaill áitiúil a thuiscint.

Bhrúigh an bheirt bhuachaillí ar an gcarraig ar feadh tamaill ach ní raibh cor asti.

"Ní haon mhaith é," a deireadh Colm go minic. Faoi dheireadh bhí Antella ag rá "ní haon mhaith é" freisin.

Bhí an ghrian ag dul faoi anois agus bhí na buachaillí traochta. D'ith siad béile agus rinne siad leaba dóibh féin i gcrann. Thuig Antella go raibh Colm an-imníoch faoin dream eile agus bhí sé ag iarraidh sólás a thabhairt dó.

"Mise," ar sé ag taispeáint do Cholm go ndéanfadh sé a dhícheall cabhrú leis. Faoi dheireadh, d'éirigh Colm braon d'Antella ag rá 'mise' agus é ag féachaint air lena shúile móra.

"Cad is féidir leatsa a dhéanamh?" arsa Colm, agus luigh sé siar ar an leaba chun dul a chodladh.

Cé nár thuig sé na focail i gceart, bhí a fhios ag Antella gur cheap Colm nach mbeadh sé in ann cabhrú leis.

D'fhan Antella ina dhúiseacht ag féachaint suas ar na réaltaí agus ag iarraidh smaoineamh ar chaoi le cabhrú le Colm.

Thaispeánfadh sé don bhuachaill bán go raibh sé in ann gaisce a dhéanamh, ach conas? Ní haon mhaith a bheith ag iarraidh cabhrach ó mhuintir eile dá threibh féin, bheadh eagla orthu teacht cóngarach don sliabh aisteach seo. Ní raibh an faitíos sin insteallaithe in Antella fós, mar ba bhuachaill fiáin é a bhí i gcónaí ag baint triail as smaointe nua. B'in an fáth gur chuir a athair chuig a uncail é, sa dóigh go gcuirfeadh seisean smacht air.

Thosaigh Antella ag smaoineamh ar conas a dhéanfaidís a mbealach isteach sa sliabh. Ansin tháinig an t-eas mór a bhí ag teacht amach as poll sa sliabh isteach ina aigne. Caithfidh go raibh an abhainn ag rith tríd an sliabh. Dá mbeadh siad ábalta dul isteach san áit a raibh uisce an easa ag teacht amach as . . .

Bhí fonn ar Antella dul go dtí an t-eas díreach chun féachaint an mbeadh siad in ann dul isteach ann, ach bhí sé ródhorcha agus níor mhaith leis Colm a fhágáil leis féin. Gheobhadh sé codladh agus rachadh siad ann le breacadh an lae.

Ar maidin bhí Antella ag léim timpeall na háite mar bhí áthas air go raibh smaoineamh aige chun slí a fháil isteach sa sliabh. Cheap Colm gur smaoineamh maith a bhí ann agus gurbh fhiú triail a bhaint as.

Chuaigh na buachaillí go dtí an t-eas mór a chonaic siad an lá roimhe sin. Chuir fuinneamh an uisce ag titim anuas eagla orthu, ach rinne siad iarracht ar dhreapadh suas ar na carraigeacha in aice an easa. Fliuchadh go craiceann iad leis an uisce a bhí ag teacht as, ach ba chuma leis na buachaillí mar ba lá an-te a bhí ann.

Faoi dheireadh shroich siad áit ina raibh siad ar aon leibhéal leis an bpoll mór i dtaobh an tsléibhe, as a raibh an t-uisce ag teacht. Bhí spás mór os cionn na habhann mar bhí an t-uisce tar éis an charraig a leá. Rinne Colm agus Antella a mbealach isteach ar leaca a bhí ag gobadh amach. Chrith siad le heagla nuair a d'fhéach siad síos ar an uisce ag titim síos fúthu. Bhí orthu greim a choimeád ar charraigeacha os a gcionn ionas nach dtitfidís san eas agus nach ndéanfaí smidiríní dóibh ar na carraigeacha.

Abhainn réidh a bhí taobh thiar den eas agus shiúil na buachaillí in aice léi. Bhí siad in uaimh anois agus bhí an abhainn mhór ag rith ar urlár na huaimhe. Ba shoiléir gurb í an abhainn a rinne an

uaimh mar a raibh an t-uisce ag creimeadh na
carraige faoi thar na blianta.

"Is maith an rud é gur thug mé an tóirse seo
liom," arsa Colm agus thaispeáin an tóirse
uiscedhíonach d'Antella. Cheap Antella gur rud
draíochtach amach is amach a bhí ann. D'éirigh sé
dorcha nuair a bhí siad as radharc an phoill i dtaobh
an tsléibhe, ach lean na buachaillí ar aghaidh le
cúnamh an tóirse. Tar éis tamaill chuaigh siad
timpeall cúinne ach bhí orthu stopadh. Cheap Colm
go raibh deireadh leis an turas mar d'íslígh díon na
huaimhe go tobann síos go dtí an t-uisce. Ní raibh
spás do luch fiú dul isteach ann.

Ach bhí pleann eile ag Antella. Ghluais sé a
lámha mar a bheadh sé ag snámh.

"Mise?" a dúirt sé.

"Snámh?" arsa Colm.

"Mise snámh?" arsa Antella, áthas air gur
smaoinigh sé ar fhreagra na faidhbe. Bhí eagla ar
Cholm go mbeadh díon na huaimhe síos go dtí an
t-uisce ar feadh píosa fada agus nach bhféadfaí éirí
as an uisce. Ach ní raibh aon stop le hAntella.

Isteach leis san uisce fuar agus bhí sé fuar istigh
i lár an tsléibhe. Shnámh sé síos faoin uisce agus
suas an tollán in aghaidh an tsrutha. D'ardódh sé a
lámh anois 's arís chun mothú an raibh an charraig
síos go dtí an t-uisce i gcónaí. Ní mó ná go raibh an

anáil ann nuair a mhothaigh sé nach raibh aon charraig os cionn an uisce a thuilleadh agus go mbeadh sé in ann teacht aníos.

Bhí sé in uaimh mhór anois agus ba shoiléir go raibh daoine anseo go minic ón urlár mín. Thóg sé sos ar bhruach na habhann sula ndeachaigh sé ar ais go Colm. Bhí sé níos éasca snámh ar ais le sruth na habhann.

Tógadh croí Choilm nuair a chonaic sé Antella ag snámh amach tríd an tollán, mar bhí sé imithe le tamall fada.

"Cheap mé go raibh tú báite," arsa Colm. "Bhí mé ag féachaint san abhainn ar eagla go mbeadh do chorp san uisce."

Ach níor thuig Antella é. "Snámh mór," ar seisean ag síneadh a mhéire i dtreo an tolláin. "Snámh mór."

Nach é Colm a bhí sásta anois go ndeachaigh sé chuig ranganna snámha sa linn snámha i gCluain Dolcáin le cúpla bliain anuas. Ach an mbeadh sé in ann snámh in aghaidh an tsrutha faoin uisce?

D'fhág siad an mála bia a bhí acu ina ndiaidh agus isteach leo san uisce fuar. Bhí sé an-deacair do Cholm a anáil a choimeád faoin uisce agus bhí sé traochta nuair a shroich siad an áit ina raibh an díon taobh thuas den uisce. Tar éis tamaill lean siad ar aghaidh, ach ba dheacair siúl mar bhí siad fliuch go craiceann agus ní raibh aon ghrian istigh ann chun iad a thriomú.

Chas siad timpeall an chúinne agus chonaic siad solas amach rompu. Bhí eagla anois orthu go bhfeicfí iad agus shiúil siad go mall, ag éisteacht go cúramach.

Ar ball tháinig siad go dtí an áit as a raibh an solas ag teacht; uaimh mhór agus coinnle lasta timpeall inti. Leathnaigh an abhainn i lár na huaimhe agus bhí linn álainn le céimeanna agus plandaí déanta ann. Bhí súsaí ar an talamh agus boird bheaga timpeall na háite.

Ba léir gur tháinig ann don seomra go nádúrtha nuair a chreim an t-uisce an charraig, ach bhí a lán oibre eile déanta air ó shin. Chuimhnigh Colm ar uaimheanna na hAille Buí agus an Dúin Mhóir a chonaic sé in Éirinn. Ach bhí a lán oibre déanta ag daoine ar an uaimh seo. Chonaic siad dhá staighre gearrtha as an gcarraig ar an taobh eile den uaimh. Bhí an bheirt ar tí dul suas staighre amháin nuair a chuala siad guthanna ag teacht anuas. Trasna leo go tapa go dtí an staighre eile agus suas leo díreach sular tháinig ceathrar de mhuintir an tsléibhe anuas go dtí an seomra.

D'fhéach Antella agus Colm síos orthu ó dhorchadas an staighre eile. Chonaic siad a ngruaig rua agus a gcraiceann buí go soiléir. Chroith

Antella leis an eagla, mar ba mhinic a chuala sé scéalta scanrúla faoin treibh seo agus ní raibh sé riamh chomh cóngarach dóibh. Shuigh muintir an tsléibhe cois na linne agus thosaigh siad ag obair ar na súsaí. Ní raibh a fhios acu go raibh éinne eile timpeall in aon chor.

Chuaigh na buachaillí suas an staighre go ciúin ach lean na céimeanna ar aghaidh suas ar feadh tamaill fhada.

"Caithfidh go bhfuilimid ag dul go barr an tsléibhe," arsa Colm.

Ansin chonaic siad solas geal rompu amach.

"Is é sin solas na gréine ar an mbarr," arsa Colm.

Ach níorbh é. Halla mór nádúrtha a bhí ann agus soilse ar na fallaí. Bhí ar a laghad caoga duine ón sliabh ag ithe ann. D'fhan na buachaillí i bhfolach go dtí go raibh gach duine críochnaithe. Thosaigh siad go léir ag canadh go mall i ndiaidh an bhéile agus d'imigh siad go léir leo ansin trí dhoras ar an taobh eile den halla. Fágadh roinnt bia ar na boird agus d'ith na buachaillí cuid de. Bhí an áit seo go deas te i ndiaidh fuacht na n-uaimheanna eile.

"Go deas," arsa Antella le gáire.

"Is fearr dúinn imeacht," arsa Colm, "ar eagla go dtiocfadh éinne ar ais."

Níor thuig Antella Colm, ach lean sé amach as an halla é. Ní dheachaigh siad i ndiaidh mhuintir an tsléibhe ar eagla go gcasfaidís leo. Chuaigh siad trí thollán eile. Chonaic siad sórt seomraí ina raibh súsaí agus ba léir gur úsáideadh mar sheomraí codlata iad. Ach ní raibh éinne iontu.

Ansin tháinig siad go doras ar a raibh bolta mór. Ní raibh a fhios ag Colm an mbeadh sé sábháilte dul isteach ann, ach ós rud é nach raibh éinne timpeall, shocraigh sé go rachaidís isteach.

Thuig Antella na focail seo ó a bheith ag éisteacht leis na páistí.

"Sea," ar seisean, "rachaimid isteach."

"Sea."

Tharraing na buachaillí siar an bolta mór. D'oscail siad an doras go mall. D'fhéach siad isteach, ach bhí sé dorcha. Ansin chonaic siad scáth beirte sa chúinne. Bhí siad ar tí casadh chun rith nuair a chuala siad duine ag glaoch:

"A Choilm! An tú atá ann? A Choilm!"

Stop siad. Las Colm an tóirse agus dhírigh sé é ar an mbeirt.

"A Mham!" ar seisean. "'Dhaid!"

Rith sé chucu agus phóg sé iad. Má bhí ionadh ar Cholm, bhí i bhfad níos mó ionaidh ar a thuismitheoirí a cheap go raibh na páistí sa bhaile in Éirinn.

"Conas a tháinig sibh anseo?" arsa an Captaen Ó Broin. "Conas go raibh a fhios agaibh cá rabhamar? Cá bhfuil Deirdre agus Nóirín?"

Níor mhaith le Colm a rá go raibh a dheirfiúracha sa sliabh freisin.

"Is é seo Antella," arsa Colm. "Chabhraigh sé liom, ach is scéal fada é."

"Is fearr dúinn imeacht as an áit seo," arsa an t-athair, "sula dtiocfaidh muintir an tsléibhe ar ais. Tá a fhios agam áit ina mbeimid sábháilte agus gur féidir libh sibh fhéin a thriomú."

Le Captaen Agus Bean Uí Bhroin

Dhún siad an doras agus chuir siad an bolta air ionas nach gceapfadh muintir an tsléibhe go raibh siad imithe. Thug an captaen trí thollán caol iad go dtí gur tháinig siad chuig poll i dtaobh an tsléibhe. Bhí an ghrian ag taitneamh isteach sa pholl agus thriomaigh na buachaillí iad féin mar bhí siad fliuch fós ón snámh san abhainn.

"Tá an áit seo sábháilte," arsa an Captaen, "mar tá sé déanach sa lá. Tagann muintir an tsléibhe amach anseo chun an ghrian a fháil agus thug siad amach muid cúpla uair leo."

"Níl aon seans éalú ar aon nós," arsa Colm, ag féachaint síos le fána ghéar an tsléibhe.

"Cá bhfuil Deirdre agus Nóirín?" arsa Bean Uí Bhroin. "Tá súil agam go bhfuil siad sa bhaile in Éirinn." Thosaigh Colm ar a scéal fada a insint dá thuismitheoirí.

"Bhí sibh go hiontach," arsa a mháthair, "ach tá imní orm faoi Dheirdre agus Nóirín."

"Ná bíodh aon imní ort, a Mham," arsa Colm. "Tá beirt Albanach chróga in éineacht leo agus an Prionsa Eoin."

"Eoin bocht," arsa Mam, "nár dheas uaidh é sibh a thabhairt amach anseo ina eitleán nua."

"Thug Antella a lán cabhrach dúinn freisin," arsa Colm.

"Mise Antella," arsa an buachaill áitiúil a bhí ciúin go dtí seo. "Mise cara."

"Agus tá cúpla focal Gaeilge foghlamtha ag Antella freisin," arsa an t-athair, "ní chreidfeadh éinne sa bhaile in Éirinn go mbeadh Gaeilge á labhairt amuigh san Afraic — agus ag duine áitiúil freisin!"

"Ní chreidfeadh éinne go bhfuilimid istigh i lár sléibhe ach oiread," arsa an mháthair, "agus an dá dhream scartha óna chéile."

"Dá mbeadh muid in ann teacht ar Dheirdre, Nóirín agus an triúr eile bheadh muid in ann dul amach tríd an eas mar a tháinig Colm agus Antella isteach," arsa an t-athair.

"Nárbh fhearr dúinn tosú ag cuardach mar sin," arsa an mháthair.

D'fhág an ceathrar an áit ghrianmhar nuair a bhí na buachaillí tirim agus chuaigh siad ag cuardach na gcailíní agus na nAlbanach. Ach bhí a lán uaimheanna ann agus ní raibh a fhios acu cén ceann ar ceart dóibh dul tríthi.

Bhí Bean Uí Bhroin ag éirí an-imníoch faoina hiníonacha.

"In ainm Dé, cá bhfuil Deirdre agus Nóirín?" ar sise.

"Ní fhaca mise iad ó chuaigh siad taobh thiar den charraig," arsa Colm, "níl a fhios agam cad a tharla dóibh."

*   *   *

Chodail na cailíní, Eoin agus an bheirt Albanach ar na súsaí san uaimh ina raibh siad faoi ghlas. Ní bheadh a fhios acu go raibh an mhaidin tagtha murach a n-uaireadóirí. Go luath chuala siad na boltaí á n-oscailt.

"Tá súil agam gurb é Colm atá ann, tagtha chun sinn a shaoradh," arsa Deirdre go ciúin. Ach níorbh é. Tháinig beirt fhear mhóra le gruaig rua agus craiceann buí isteach. Thug siad arán, uisce agus torthaí dóibh agus d'imigh siad leo arís.

"Nach bhfuil muintir an tsléibhe an-chosúil le Domhnall agus Somhairle?" arsa Deirdre.

Thosaigh na fir ag gáire.

"Ach níl an craiceann buí againn," arsa Domhnall.

Níos déanaí sa lá, osclaíodh an doras arís agus bhí scata mór de mhuintir an tsléibhe amuigh. Ordaíodh amach an cúigear istigh. Shiúil siad i measc mhuintir an tsléibhe trína thuilleadh uaimheanna go dtí gur tháinig siad go dtí staighre mór cloiche.

Suas an staighre fada leo ach gach uair a raibh casadh sa staighre, chonaic siad tuilleadh céimeanna rompu amach. Ina ndiaidh tháinig muintir an tsléibhe, na céadta acu, iad ag canadh go mall agus go huaigneach.

Faoi dheireadh tháinig siad chuig doras mór. Osclaíodh é agus bhí siad taobh amuigh arís. Ach an uair seo bhí siad ar bharr an tsléibhe. Chonaic siad na sléibhte eile mórthimpeall orthu. Idir na sléibhte, chonaic siad gleannta draíochtacha agus abhainn mhór ag rith trí ghleann amháin.

Bhí barr an tsléibhe ar leibhéal, é clúdaithe le clocha buí. Sa lár bhí teampall agus ar a bharr sin leacht i bhfoirm na gréine.

Tógadh an cúigear go barr an teampaill. Bhí an ghrian ar tí dul faoi taobh thiar de na sléibhte agus bhí sé an-ghaofar ar bharr an teampaill. Tugadh róbaí galánta le caitheamh dóibh.

Tháinig na céadta daoine suas ar an sliabh ina ndiaidh.

"Ní chreidfeá go bhféadfadh an méid sin daoine a bheith ina gcónaí i lár sléibhe," arsa Deirdre.

"Tá go leor uaimheanna ann dóibh ar aon nós," arsa Eoin.

Chuaigh muintir an tsléibhe síos ar a nglúine. Labhair duine amháin ón teampall agus d'fhreagair gach duine eile é. Thosaigh siad ag canadh amhrán uaigneach díreach sular imigh an ghrian faoi bhun na spéire. Luigh gach duine ar an talamh agus thosaigh an ceannaire ag guí don ghrian.

Thuig Domhnall cuid den chaint mar bhí sé cosúil le Sváihílí. D'aistrigh sé cuid de i gcogar don cheathrar eile.

"Tá sé ag guí báistí ón ngrian. Tá an t-arbhar atá ag fás ar thaobh an tsléibhe ag fáil bháis d'easpa báistí. Tá sé ag impí ar an ngrian dul i bhfolach taobh thiar de na scamaill agus ligean don bháisteach titim."

Ansin chúlaigh an ghrian taobh thiar de na sléibhte agus clúdaíodh an áit le dorchadas. D'éirigh muintir an tsléibhe agus chuaigh siad isteach tríd an doras, ag fágáil an chúigir leo féin ar bharr an tsléibhe. Fuair siad beagán fothana sa teampall agus bhí súsaí ann chun iad a chosaint ó fhuacht an tsléibhe.

D'fhan siad ina ndúiseacht ar feadh tamall fada ag caint faoin treibh aisteach a bhí ina gcónaí san áit aisteach seo.

"Cad a dhéanfaidh siad linn?" arsa Deirdre.

"Níl a fhios ar bith agam," arsa Domhnall.

"Nach ait gur aistrigh siad muid ón seomra ina rabhamar go dtí an áit seo?" arsa an Prionsa Eoin.

"Tá súil agam go bhfuil Colm sábháilte," arsa Deirdre. "An dóigh leat, a Dhomhnaill, go bhfuil Mam agus Daid in áit éigin sa sliabh?"

"Táim cinnte go bhfuil," arsa Domhnall. "Nár ghabh an treibh seo iad ón eitleán? B'fhéidir go gcuirfinn ceist ar dhuine acu fúthu amárach."

Ceathrar i gContúirt

Is beag tuairim a bhí acu go raibh Colm tar éis Mam agus Daid a scaoileadh saor agus go raibh siad le chéile i lár an tsléibhe!

Ach cá raibh siad anois?

Bhí Captaen agus Bean Uí Bhroin le Colm agus Antella ag cuardach trí na huaimheanna i lár an tsléibhe. Tháinig siad chuig áit ina raibh a lán seomraí stórála. I seomra amháin chonaic siad gréithe a bhí lán de phéint agus de dhathanna.

"Féach!" arsa an Captaen, "seo an dath buí atá ar chraiceann na ndaoine anseo. Sin an fáth a bhfuil an dath aisteach buí ar a gcraiceann."

"Cheap Deirdre gur daoine ó phláinéad eile a bhí iontu," arsa Colm, "agus níl ann ach péint ar a gcraiceann!"

"Féach! Féach!" arsa Antella a bhí i gcúinne eile den seomra. Bhí sé tar éis teacht ar ghréithe lán de dhath rua cosúil leis an dath a bhí ar ghruaig mhuintir an tsléibhe.

"Is é sin a thugann an dath dá ngruaig," arsa an mháthair.

72

Thóg Colm bosca beag den dath buí leis agus d'fhág siad an áit. Chuaigh siad trí uaimh eile agus ansin chuala siad torann mór thíos sa tollán.

"Uisce," arsa Antella.

Lean siad ar aghaidh agus i gcúpla nóiméad tháinig siad go bruach abhann a bhí ag rith go tapa tríd an uaimh. Ansin chuala siad guthanna ag teacht ina dtreo. Sheas siad isteach i gcúinne dorcha ionas nach bhfeicfí iad. Rith triúr de mhuintir an tsléibhe thart ach ní fhaca siad an ceathrar a bhí i bhfolach sa chúinne.

Shiúil siad cois na habhann. Bhí sé níos éasca siúl ann mar bhí sórt cosáin in aice na habhann. Bhí soilse beaga ar na fallaí déanta as stuif cosúil le coinnle agus iad ag dó go mall an t-am go léir. Ansin chonaic siad bád beag ceangailte ag bruach na habhann.

Bhí siad ag féachaint ar an mbád beag nuair a chuala siad níos mó guthanna ag teacht ón mbealach eile. Ach an uair seo bhí soilse geala acu mar bhí an lonradh le feiceáil thuas an abhainn.

"Is dócha go bhfuil a fhios acu go bhfuilimid imithe," arsa an Captaen.

"Sin é an fáth a bhfuil siad go léir ag cuardach na háite," arsa an mháthair.

Ní raibh aon rogha ag an gceathrar acu ach léim isteach sa bhád. Ghearr siad an téad a bhí ag coinneáil an bháid agus ar aghaidh leo le sruth na habhann. Ghluais an bád go tapa sa sruth láidir.

Má bhí an sliabh aisteach go dtí seo bhí an turas seo níos iontaí fós. Ghluais siad trí uaimheanna móra agus beaga, cuid acu maisithe go hálainn le pictiúir agus súsaí. Chuaigh siad trí thollán caol agus tháinig siad amach in uaimh ina raibh cuid de mhuintir an tsléibhe ina suí. Léim siad ina seasamh ach bhí an bád ag dul chomh tapa sin leis an sruth láidir nach raibh siad in ann breith orthu.

Isteach leis an mbád trí thollán caol eile, uisce na habhann ó fhalla go falla ann. Ag deireadh an tolláin mhaolaigh an sruth, ghluais an bád níos moille agus tháinig an ceathrar amach in uaimh mhór gheal, gléasta le pictiúir agus troscán. Agus ina suí ar an troscán sin bhí slua mór de mhuintir an tsléibhe. Ba léir go raibh tionól ar siúl agus bhí an ceannaire ag labhairt ón seastán ard ar bharr na huaimhe.

Ní raibh aon éalú i ndán don cheathrar sa bhád anois. Ní raibh aon sruth san abhainn anseo, de bharr í a bheith chomh réidh sin, agus bhí an bád beagnach stoptha. Rith laochra an tsléibhe go bruach na habhann agus tharraing siad an ceathrar as an mbád.

Tógadh go lár na huaimhe iad os comhair an cheannaire. Rinne na laochra rince timpeall an cheathrair a sheas go neirbhíseach i lár an urláir.

Bhí ionadh an domhain ar mhuintir an tsléibhe Colm agus Antella a fheiceáil. D'fhéach siad go géar ar an mbeirt bhuachaillí dá mothú lena lámha. Cheap siad gur sórt taibhsí a bhí iontu mar ní raibh a fhios acu conas ar tháinig siad isteach sa sliabh.

Ach labhair an ceannaire go tréan ón seastán. Antella amháin a thuig cad a bhí á rá aige agus chrith sé le teann eagla. Bhí an ceannaire ag rá go gcaithfeadh siad duine a ofráil don ghrian mar íobairt, ach ní raibh Antella in ann an scéal a aistriú go Gaeilge dá chairde Éireannacha.

Ansin tógadh go seomra eile iad.

"Is dócha go gcuirfear faoi ghlas sinn anseo," arsa Colm. Bhí bosca an-mhór déanta as adhmad ann, é sé troithe in airde. Brúdh isteach sa bhosca mór iad.

"Tá súil agam nach bhfágfar anseo sinn," arsa Bean Uí Bhroin.

Ach ansin chonaic siad gur sórt ardaitheora a bhí sa bhosca. Ní raibh aon inneall chun an bosca a ardú, ach thart ar scór fear ag tarraingt ar rópaí. Bhrúigh beirt laochra isteach sa bhosca leis an gceathrar. Tugadh ordú agus thosaigh na fir ag tarraingt ar na rópaí in áiteanna éagsúla sa seomra.

Suas leo trí pholl sa díon, suas agus suas ar feadh tamaill fhada; uaireanta go tapa, uaireanta go mall.

"Caithfidh go bhfuilimid ag dul go barr an tsléibhe," arsa an Captaen.

Faoi dheireadh stop siad faoi chlár mór adhmaid. Bhrúigh na laochra ar an gclár. Ghluais an bosca suas go mall go dtí go raibh siad ar aon leibhéal leis an talamh. Osclaíodh doras an bhosca agus sheas an ceathrar amach ar bharr an tsléibhe.

"Nach iontach an radharc é, a Dhaid," arsa Colm, "ní fhaca mé a leithéid riamh."

Go tobann bhí an bosca inar tháinig siad aníos ann imithe síos arís agus an bheirt laochra ann. Fágadh an ceathrar ar bharr.

Bhí Deirdre agus an dream eile ag ithe sa teampall nuair a chonaic siad an bosca ag éirí aníos as an bpoll. Cé go raibh an teampall i bhfad ón áit inar tháinig an bosca aníos, d'aithin Deirdre a máthair agus a hathair nuair a sheas siad as an mbosca. Lig sí béic áthais aisti.

Rith siad go léir as an teampall go dtí an áit ina raibh an ceathrar eile. Thosaigh na cailíní ag gol le háthas nuair a bhí siad ar ais i mbaclainn a dtuismitheoirí. Cuireadh Somhairle agus Domhnall in aithne do Chaptaen agus do Bhean Uí Bhroin. Bhí lúchair an tsaoil mhóir ar an dream beag sin ar bharr an tsléibhe, dearmad déanta acu ar feadh tamaill den chruachás ina raibh siad.

Le Chéile ar Bharr an tSléibhe

Labhair siad le chéile ar feadh tamaill fhada, gach duine ag insint a scéil féin. "Tá fadhb mhór os ár gcomhair fós," arsa an Captaen, "conas a éalóimid as an áit seo?"

"Cén fáth a bhfuil muintir an tsléibhe dár gcoimeád go léir anseo ar aon nós?" arsa an Prionsa Eoin.

"Níl a fhios agam," arsa an Captaen. "Chuala Antella an ceannaire ag caint fúinn, ach ní raibh sé in ann aistriú dúinn."

"Inseoidh Antella domsa," arsa Domhnall, "mar tuigim an teanga Sváihílí."

Ach nuair a chuala Domhnall an scéal, níor aistrigh sé do na páistí eile é. D'imigh na daoine fásta leo ar siúlóid.

"De réir scéal Antella," arsa Domhnall, "dúirt an ceannaire go bhfuil siad chun duine againn a ofráil mar íobairt don ghrian, mar tá an t-arbhar ar thaobh an tsléibhe ag dreo d'easpa báistí."

D'fhan an triúr eile ina dtost ar feadh tamaill, ag smaoineamh ar uafás an scéil a bhí cloiste acu.

"Caithfimid rud éigin a dhéanamh," arsa an Captaen. "Tá mo ghunna fós agam. Níor thóg siad uaim é, mar ní raibh a fhios acu cad a bhí ann."

"Ní haon mhaith iad cúpla gunna," arsa Somhairle. "Dá maróimis laoch amháin, bheadh sé ina chogadh dearg eadrainn."

"Tá na céadta acu ann agus tá sleánna ag na fir agus ag na mná," arsa Bean Uí Bhroin.

"Ná habair aon rud faoi seo os comhair na bpáistí," arsa Domhnall, "bheadh siad scanraithe."

Bhí na páistí ag plé cúrsaí eatarthu féin, agus go tobann tháinig siad ina rith chuig na daoine fásta.

"Féach ar an bpéint bhuí atá ag Colm," arsa Deirdre.

Thaispeáin Colm an bosca a fuair sé san uaimh dóibh.

"Rinne mé dearmad de sin," arsa an Captaen. "Sin é an fáth a bhfuil muintir an tsléibhe buí. Cuireann siad an dath seo ar a n-aghaidheanna."

"Agus cheap Deirdre gur daoine ó phláinéad eile a chónaigh sa sliabh," arsa Eoin agus é ag gáire.

"Dá gcuirfeadh Domhnall agus Somhairle an dath seo ar a gcraiceann, bheadh siad díreach cosúil le muintir an tsléibhe," arsa Nóirín, "mar tá gruaig rua ó nádúr acu."

"Agus bheadh siad in ann éalú," arsa Deirdre, "agus cabhair a fháil."

78

"Smaoineamh maith é," arsa Domhnall, "ach dá n-aithneofaí muid marófaí sinn."

"Is fiú triail a bhaint as," arsa Somhairle, "níl aon rud eile le déanamh."

Chuir siad an dath buí ar a n-aghaidheanna agus ar a lámha. Bhí siad díreach cosúil le muintir an tsléibhe. Fuair siad róbaí sa teampall cosúil leis na róbaí a chaith muintir an tsléibhe.

"Iontach!" arsa Colm. "Tá sibh díreach cosúil le muintir an tsléibhe."

"Fanfaimid go dtí go dtiocfaidh siad aníos ag am luí na gréine agus rachaimid síos in éineacht leo," arsa Domhnall. D'fhan an bheirt Albanach taobh thiar de charraig nuair a bhí muintir an tsléibhe ag teacht aníos chun guí don ghrian. Bhí sé dorcha nuair a chuaigh siad isteach sa sliabh arís agus bhí Somhairle agus Domhnall in ann dul isteach i measc an tslua mar ní raibh de sholas acu ach sórt coinnle. Dúnadh an doras go daingean agus cheap laochra an tsléibhe go raibh a bpríosúnaigh go léir fágtha ar bharr an tsléibhe acu.

"Tá súil agam go mbeidh siad in ann éalú anois," arsa Colm, "agus a mbealach a dhéanamh ar ais go dtí na heitleáin."

Íobairt

Chodail siad sa teampall an oíche sin, áthas ar na páistí a bheith ar ais lena dtuismitheoirí, in ainneoin an dainséir a bhí ag bagairt orthu. Ar feadh dhá lá níor tharla aon rud tábhachtach. Tháinig muintir an tsléibhe chun guí ag éirí agus ag luí na gréine. Fágadh bia agus deoch go leor dóibh. Ní raibh a fhios acu go raibh éinne imithe mar bheadh na páistí agus na tuismitheoirí scaipthe timpeall na háite ionas nach bhféadfaí iad a chomhaireamh.

Ach ar an tríú lá, tháinig athrú ar an scéal. Tháinig an ceannaire féin go barr an tsléibhe sa bhosca mór; an ceannaire céanna a chonaic Captaen agus Bean Uí Bhroin leis an mbeirt bhuachaillí thíos sa sliabh. Ach amuigh faoin aer chonacthas gur fear an-sean ba ea é. Ba scanrúil a dhreach.

Thug sé ordú dá laochra agus bhailigh siad Muintir Uí Bhroin, Eoin agus Antella le chéile. Ansin bhí a fhios ag muintir an tsléibhe go raibh daoine as láthair. Dhírigh an ceannaire a shúile go géar ar an dream beag. Bhí sé ar buile. Scaip na laochra ar fud bharr an tsléibhe chun an bheirt eile a bhí ar iarraidh a chuartú.

Nuair a d'fhill na laochra gan na hAlbanaigh, thosaigh an ceannaire ag béicíl. Chuaigh muintir an tsléibhe ar a nglúine os a chomhair. Chrith Antella mar thuig sé go raibh siad chun duine acu a roghnú chun ofráil mar íobairt don Ghrian.

Shiúil an seancheannaire fad leis na príosúnaigh. Thóg sé aghaidh gach duine ina lámha agus d'fhéach sé go géar orthu. Nuair a bhí aghaidh Eoin ina lámha aige, thug sé ordú, agus rug beirt laochra greim ar an bPrionsa beag. Chroch siad leo Eoin agus chuir sa bhosca mór é. Sheas an ceannaire isteach ann freisin.

Anois bhí an Captaen Ó Broin ar buile.

"Cad atá á dhéanamh agaibh le hEoin?" ar seisean de bhéic. Rith sé i dtreo an bhosca agus bhagair sé a dhorn ar an seancheannaire. Ach chaith na laochra an Captaen síos ar an talamh agus thosaigh an bosca mór ag ísliú síos sa sliabh. Chuaigh muintir an tsléibhe síos an staighre agus fágadh Clann Uí Bhroin agus Antella leo féin.

"Cén fáth a bhfuil Antella ag croitheadh mar sin?" arsa Colm.

"B'fhéidir gur thuig sé caint an cheannaire," arsa Deirdre. Faoi dheireadh d'inis Antella dóibh cad a dúirt an ceannaire sa chúpla focal Gaeilge a bhí aige.

"Eoin, marú, grian," ar seisean.

"Sin a bhí mé ag ceapadh," arsa an Captaen. "Tá siad chun Eoin a ofráil mar íobairt don Ghrian." Thosaigh na páistí eile ag geonáil.

"Is é an trua nach bhfuil Somhairle agus Domhnall anseo," arsa Colm. "Sheol a athair an bheirt acu go hÉirinn chun aire a thabhairt dó agus níl siad anseo anois agus é i gcontúirt."

"B'fhéidir go dtiocfadh siad fós chun fóirithint orainn," arsa Deirdre. Lean an chaint agus an caoineadh ar feadh i bhfad. Scríobh Colm nótaí ina dhialann mar a rinne sé gach lá. Ba í an dialann an t-aon chuntas a bhí acu ar dháta na laethanta.

"Féach air seo," arsa Colm go tobann. "De réir na dialainne seo beidh urú gréine timpeall meán lae amárach. A Dhaid! An dóigh leat go mbeimid in ann an t-úrú a fheiceáil ó bharr an tsléibhe seo?"

"Bí cinnte go mbeidh," arsa an Captaen, "agus breathnóidh sé i bhfad níos deise anseo ná sa bhaile in Éirinn. Ós rud é go bhfuilimid in aice mheánchiorcal an domhain tagann an dorchadas nuair a bhíonn éiclips gréine ann."

"Beidh sé sin go hiontach," arsa Deirdre, "dorchadas ar feadh cúpla nóiméad i lár an lae."

"Conas go mbeidh a fhios ag muintir an tsléibhe faoin éiclips seo?" arsa Colm, "níl aon dialann acu, agus ní dóigh liom go bhfuil an teicneolaíocht acu chun staidéar a dhéanamh ar an spéir."

"Tá suil agam nach bhfuil aon eolas acu faoina leithéid," arsa an Captaen. "Léigh mé in áit éigin go ndéanann treibheanna íobairtí don Ghrian ag meán lae nuair a bhíonn sí go hard sa spéir. Ach níor chuala mé riamh faoi dhuine a ofráil mar íobairt."

"Cad a dhéanfaimid?" arsa Nóirín go brónach.

"Beidh muintir an tsléibhe scanraithe nuair a fheicfidh siad an ghrian ag imeacht i lár an lae," arsa an Captaen, "déarfaimid leo go bhfuilimid dá marú."

"Chaithfeadh an t-ádh dearg a bheith orainn chun é sin a dhéanamh," arsa Bean Uí Bhroin.

"Is é an t-aon seans amháin atá fágtha againn," arsa Colm, "sula maróidh siad Eoin."

Shocraigh siad gach rud an tráthnóna sin don lá arna mhárach. Mhínigh Colm an scéal d'Antella, leis an gcúpla focal Gaeilge a bhí ag Antella agus na focail Sváihílí a bhí foghlamtha aige féin. Labhródh Antella le muintir an tsléibhe dá dtiocfaidís aníos timpeall meán lae. Ní raibh an eagla chéanna ar Antella roimh mhuintir an tsléibhe ó chonaic sé gur péint a thug an dath buí dá gcraiceann.

An mhaidin lá arna mhárach níor tháinig muintir an tsléibhe chun guí ag éirí na gréine mar a rinne siad gach maidin eile.

"Tá siad ag ullmhú seirbhíse eile don Ghrian

inniu," arsa an Captaen.

"Is í an tseirbhís sin Eoin a ofráil mar íobairt don Ghrian," arsa a bhean.

Thosaigh Colm ag gol nuair a chuala sé an chaint seo óna mháthair mar bhí seisean níos cairdiúla leis an bPrionsa ná mar a bhí éinne eile.

"Ná bí ag gol," arsa Deirdre, "le cúnamh Dé éireoidh le plean Dhaid. Beidh eagla an domhain orthu nuair a cheapann siad go bhfuil sé ag marú na gréine."

"Tá súil agam go mbeidh," arsa Nóirín.

Timpeall a haon deag a chlog thosaigh muintir an tsléibhe ag teacht amach as an sliabh tríd an doras mór. Bhí na céadta acu ann, i bhfad níos mó ná mar a bhí aon uair roimhe sin nuair a bhí siad ag guí chun na gréine. Ba léir go raibh gach duine tagtha don tseirbhís thábhachtach seo.

Thosaigh siad go léir ag canadh go mall. Tar éis tamaill tháinig an bosca mór aníos as croí an tsléibhe. Sheas an ceannaire agus Eoin amach as an mbosca. D'fhéach an dream Éireannach ar Eoin. Bhí sé gléasta go lonrach, coróin ar a cheann, seoda crochta dá éadaí geala. Chuaigh muintir an tsléibhe ar a nglúine ach lean siad orthu ag canadh. Tógadh Eoin suas céimeanna go dtí ardán ar imeall na n-aillte a bhí timpeall an tsléibhe. Shiúil an

ceannaire go mall go dtí an t-ardán.

Thosaigh an ceannaire ag guí agus chrom muintir an tsléibhe a n-aghaidheanna go talamh. D'fhéach an Captaen go géar ar dhialann Choilm. Chonaic sé an fógra faoin éiclips.

'11.51 ÉICLIPS GRÉINE'

D'fhéach sé ar a uaireadóir - 11.40. Bhí siad ina seasamh píosa ón áit a raibh muintir an tsléibhe. Thuig Antella an ceannaire. D'aistrigh sé do Cholm.

"Márú, grian ard," ar seisean. "Tá siad chun an Prionsa Eoin a mharú nuair a bheidh an ghrian go hard," arsa Colm lena thuismitheoirí.

"Sin meán lae," arsa an mháthair. Dúirt siad le hAntella dul suas chuig an gceannaire agus a insint dó go maródh an Captaen an ghrian mura ligfidís saor Eoin. Cé go raibh sé ag croitheadh le teann sceimhle rith Antella suas go dtí an t-ardán ar a raibh an ceannaire agus Eoin. Rug beirt de laochra an tsléibhe ar Antella ach ghlaoigh sé an rabhadh amach ina theanga Sváihílí féin.

Bhí an ceannaire ar buile nuair a chuala sé an buachaill ag bagairt go maródh duine an Ghrian. Cheap sé gur masla don Ghrian rud mar sin a rá. Dúirt sé go marófaí an dream go léir mura mbeadh

an Ghrian sásta leis an bPrionsa Eoin mar íobairt.
Ghlaoigh Antella an rabhadh amach arís. Thuig
muintir an tsléibhe go léir é. Bhí ionadh an
domhain orthu go mbeadh caint ar an nGrian a
mharú i lár an lae. Bhí a fhios acu go dtéann an
Ghrian faoi gach oíche, ach bhí sí i gcónaí ann i rith
an lae.

D'fhéach Colm ar a uaireadóir. "11.49, a
Dhaid," a dúirt sé.

"Caithfidh mise tosú anois," arsa a athair.
"Téigí go dtí an taobh eile den sliabh. Tá súil agam
go bhfuil na dátaí i gceart againn."

Rith an Captaen go tapa go dtí an t-ardán. Bhí
na laochra chomh tógtha le hAntella nach bhfaca
siad é ag teacht. Suas leis ar na céimeanna. Bhí sé
in aice leis an gceannaire taobh istigh de nóiméad.
Ghlaoigh sé amach cúpla focal Sváihílí a
d'fhoglaim sé ó Antella leis an gceannaire faoin
nGrian a mharú.

Ansin thosaigh sé ag bagairt ar an ghrian, mar
dhea. Lig sé béic an-ard as. Chaith sé clocha a bhí
aige suas i dtreo na Gréine.

Bhí an t-am agus an dáta ceart acu faoin éiclips.

Chonaic sé go raibh an ghealach ag tosú ar a
bealach os comhair na Gréine. Thóg sé a ghunna
amach. Scaoil sé urchar i dtreo na Gréine. Nuair a
d'fhéach muintir an tsléibhe suas ar an nGrian

chonaic siad go raibh rud éigin ag tarlú di. Bhí an chosúlacht air go raibh an ghealach ag ithe na Gréine! D'fhan siad ina dtost, ionadh an domhain orthu é a bheith ag éirí dorcha i lár an lae.

Nuair a bhí an ghealach díreach os comhair na Gréine, bhí sé dorcha, díreach cosúil leis an oíche. Bhí na réaltaí le feiceáil ag lonrú sa spéir. Chuaigh an ceannaire síos ar a ghlúine os comhair an chaptaein.

"Antella," a ghlaoigh an Captaen, "abair leis go dtabharfaidh mé an Ghrian ar ais má scaoileann sé saor sinn go léir."

Rinne Antella an t-aistriúchán agus an freagra a fuair sé ón cheannaire ná: "Aon rud a iarann tú orm."

Ligeadh Eoin saor agus chuaigh siad síos na céimeanna.

Tar éis cúpla nóiméad thosaigh sé ag éirí geal arís mar bhí an t-éiclips thart. Cheap muintir an tsléibhe go raibh cumhacht draíochtach ag an gCaptaen. Rith siad go léir i dtreo an dorais isteach sa sliabh, an seancheannaire ina ndiaidh. Ghlaoigh Antella leis an gceannaire go maródh an Captaen an Ghrian arís mura dtógfaí iad go léir síos tríd an sliabh agus amach tríd an gcarraig ag bun an tsléibhe. Ach lean sé ar a bhealach isteach sa sliabh gan aon fhreagra a thabhairt orthu.

Taobh istigh de chúpla nóiméad bhí muintir an tsléibhe go léir istigh sa sliabh. Bhí an doras mór greamaithe acu agus fágadh an dream Éireannach agus Antella ar bharr an tsléibhe leo féin arís.

"Cad mar gheall ar an mbosca mór?" arsa Colm.

Rith siad anall go dtí an áit ina raibh an bosca ach bhí sé imithe síos agus an clár mór ar ais air, cothrom le barr an tsléibhe.

"Muise," arsa Bean Uí Bhroin, "táimid tréigthe anseo ar bharr an tsléibhe arís. Cheap mé go ligfidís saor sinn, mar bhí eagla an domhain orthu nuair a bhí an Ghrian imithe."

"'Sé an trua nár fhan an t-éiclips níos faide," arsa Deirdre.

"Shábháil an t-éiclips mo shaol ar aon nós," arsa Eoin.

"Is fíor sin," arsa Nóirín, "bhí eagla an domhain orm go maródh siad tú, a Eoin."

"Nílimid sábháilte fós," arsa an Captaen, "ós rud é go gceapann siad go bhfuil cumhacht dhraíochtach agamsa, b'fhéidir go ndéanfadh siad ionsaí tobann orainn i rith na hoíche."

"Sea," arsa Colm, "bheadh eagla orthu go ndéanfaimis dochar don Ghrian."

An tIonsaí Deireanach

D'fhan duine amháin nó duine eile ina dhúiseacht ar feadh na hoíche ag faire ar mhuintir an tsléibhe. Ach níor tharla aon rud. Ar maidin níor tháinig éinne chun guí ar bharr an tsléibhe, nó níor tháinig éinne le bia dóibh ach oiread.

"Tá ocras an domhain orm," arsa Deirdre. "Tá súil agam nach bhfágfaidh siad muid anseo chun bás a fháil den ocras."

"Ná bíodh aon imní ort," arsa a máthair, "tiocfaidh siad le bia chugainn ar ball."

Ina haigne féin bhí imní uirthi, ach níor mhaith léi é sin a rá os comhair na bpáistí. Chaith siad an mhaidin ag siúl ar bharr an tsléibhe. Ba léir arís nach raibh aon bhealach éalaithe ann mar bhí beanna géara ar gach taobh díobh. D'fhéach Eoin ar a uaireadóir.

"Bhí mise i mo seasamh ar an ardán sin ag an am seo inné agus mé i mbaol mo bháis."

D'fhan siad go léir ina dtost. Ba bhrónach an smaoineamh é.

Briseadh an ciúnas go tobann nuair a osclaíodh doras mór an tsléibhe ón taobh istigh. Tháinig muintir an tsléibhe amach, sleánna ina lámha acu agus fonn cogaidh orthu, shílfeá.

Chúlaigh an dream Éireannach siar uathu, iad cinnte go marófaí ar an bpointe iad. Thóg an Captaen a ghunna amach.

"Má mharaíonn tú duine amháin," arsa Colm, "b'fhéidir go rithfeadh an chuid eile díobh ar ais isteach sa sliabh."

"Nó b'fhéidir go ndéanfadh siad ionsaí fíochmhar orainn," arsa Eoin.

"Idir dhá chomhairle atáim," arsa an Captaen.

Scaoil sé urchar suas san aer chun iad a scanrú. D'éirigh leis beagnach agus rith na laochra ar ais i dtreo an dorais. Ach chaith laoch amháin a shleá i dtreo lámh an Chaptaein agus scuabadh an gunna as a lámh. Go tobann tháinig athrú intinne ar na laochra eile.

Tháinig siad suas, rug siad greim ar an dream beag agus cheangail siad a lámha le chéile. Tugadh ordú iad a thabhairt isteach sa sliabh. Shiúil siad go mall i dtreo an dorais.

"Ní éalóimid as an áit seo go deo," arsa Nóirín agus thosaigh sí ag gol.

Ansin chualathas torann aisteach ón spéir. Stop laochra an tsléibhe ar a mbealach isteach. D'fhéach siad timpeall ach ní fhaca siad aon rud. Tháinig an torann níos cóngaraí. Ba é an Prionsa Eoin a chonaic é ar dtús, ag éirí thar imeall an tsléibhe.

"Féach!" a ghlaoigh sé, "eitleán, sin é m'eitleánsa!"

Bhí an ceart aige mar bhí lógó an Oileáin Sciathánaigh le feiceáil go soiléir ar thaobh an eitleáin a bhí ag teacht ina dtreo. Bhí muintir an tsléibhe scanraithe i gceart anois agus an rud seo i gcruth éin mhóir ag teacht ina dtreo. Luigh cuid acu siar ar an talamh agus rith an chuid eile acu go dtí an doras mór agus isteach leo sa sliabh.

"Sin é Domhnall san eitleán," arsa Eoin agus an t-eitleán ag iarraidh tuirlingt.

B'éasca tuirlingt freisin ar an gclár mór mín ar bharr an tsléibhe. Nuair a sheas Domhnall as an eitleán agus culaith eitilte air ba é buille na tubaiste do na laochra é mar cheap siad gur sórt éan mór a bhí san eitleán. Rith an chuid a bhí fágtha go dtí an doras mór. Ach ní raibh aon eagla ar an laoch a scuab an gunna as lámh an Chaptaein lena shleá. Rith sé suas agus chaith sé sleá fhada i dtreo Dhomhnaill. Ach phreab an tsleá ar sciathán an eitleáin. D'ardaigh an laoch céanna an dara sleá, é níos cóngaraí do Dhomhnall anois. Ní raibh aon rogha ag Domhnall. Tharraing sé a ghunna amach agus scaoil sé é.

Bhuail an t-urchar lámh dheas an laoich. D'ardaigh Domhnall an gunna arís. Ach chúlaigh an laoch ar ais i dtreo a mhuintire, a bhí fágtha ag doras an tsléibhe. Níor tháinig siad chun cabhrú leis an laoch aonar mar bhí siad ag féachaint ar éan eile, mar a cheap siad, a bhí ag tuirlingt ón spéir.

"*An tIolar Bán!*" arsa Colm, "agus tá Somhairle ann."

D'fhan Domhnall go dtí go raibh Somhairle tagtha amach as an eitleán sula ndeachaigh sé chun an dream eile a scaoileadh. Bhí eagla air go ndéanfaí ionsaí eile air.

Léim na páistí le háthas nuair a ghearr Domhnall na téada a bhí ag ceangal a lámha. Thosaigh siad ag insint an scéil faoin éiclips do Dhomhnall ach stop an Captaen iad.

"Is fearr dúinn éalú as an áit seo díreach anois," ar seisean, "sula n-éireoidh na laochra misniúil arís."

Bheartaigh siad go rachadh Antella, Colm agus Eoin le Domhnall in eitleán Eoin, agus go rachadh an ceathrar eile san *Iolar Bán* le Somhairle.

"Go tapa anois," arsa Bean Uí Bhroin, "nuair atá seans againn."

Nuair a chonaic na laochra an dream ag rith go dtí na heitleáin, thosaigh siad ag druidim amach tríd an doras mór arís. Bhí siad istigh sna heitleáin nuair a d'fhiafraigh Domhnall de Cholm, "Cá bhfuil Eoin? Nár chóir dó a bheith san eitleán seo?"

"B"fhéidir gur san *Iolar Bán* atá sé," arsa Colm. "Bhí sé i gcónaí ag iarraidh dul ar thuras in eitleán m'athar agus muid in Éirinn."

"Is dócha é," arsa Domhnall, "ach breathnóidh mé ar aon nós."

Rith sé go dtí an t-eitleán eile.

"An bhfuil Eoin libh?" a ghlaoigh sé.

"Níl," arsa Somhairle, "nach leatsa a bhí sé le dul?"

Bhí eagla ar Dhomhnall anois. Bhí sé mar gharda d'Eoin ó bhí sé sa chliabhán agus anois ba bheag nár fhág sé an sliabh d'uireasa.

"Cá bhfuil Eoin in ainm Dé?" ar seisean le scread.

"Féach!" arsa Deirdre, "nach é sin é thall sa teampall."

Rith Domhnall anonn go dtí an teampall chuig Eoin, a bhí ag teacht amach le mám mór éadaí ildaite.

"A amadáin," arsa Domhnall de bhéic, "cad atá á dhéanamh agat? Ba bheag nár imigh mé de d'uireasa!"

"Ba mhaith liom na héadaí seo a thabhairt liom," arsa Eoin, "bhí mé ag caitheamh na n-éadaí seo nuair a bhí siad chun mé a ofráil don Ghrian."

"Anonn go dtí an t-eitleán sin leat go tapa anois," arsa Domhnall go cantalach.

"Ná tabhair ordú domsa," arsa Eoin go dána, "nach bhfuil a fhios agat gur mé Prionsa an Oileáin Sciathánaigh?"

"Mura mbrostaíonn tú is Prionsa marbh a bheidh ionat," arsa Domhnall, "agus sleánna i do cheann mar choróin."

Tharraing Domhnall an Prionsa stuacánach go dtí an t-eitleán. Nuair a chonaic laochra an tsléibhe go raibh easaontú idir an bheirt Albanach, tógadh amach na sleánna arís. Scaoil Domhnall a ghunna agus chúlaigh siad. Tháinig Somhairle agus an Captaen Ó Broin amach as an *Iolar Bán,* gunnaí ina lámha acu.

"Ná maraigh aon duine díobh," arsa Somhairle, "nó beidh siad ar buile ar fad."

Scaoil siad cúpla urchar thar chinn na laochra agus thug sin deis do Dhomhnall agus d'Eoin an t-eitleán a bhaint amach.

Thosaigh siad na heitleáin go tapa, chas siad ar an gcarraig mhín agus ghluais siad ar an gclár mór leibhéal ar bharr an tsléibhe. Sular shroich siad an beann géar, d'ardaigh na heitleáin ón gcarraig bhuí agus bhí an sliabh aisteach rúnda fágtha ina ndiaidh acu.

Bhí Colm fós ag tabhairt íde béil d'Eoin, ach bhí

Eoin ag rá go raibh na héadaí uaidh chun iad a thaispeáint do na buachaillí eile ar scoil i gCill Dara. An t-am go léir bhí Antella ag croitheadh, mar ní raibh sé riamh in eitleán cheana. Lig sé béic mhire as nuair a d'fhéach sé amach tríd an bhfuinneog agus nuair a chonaic sé na sléibhte go léir na céadta troithe thíos faoi.

"Titim!" a dúirt sé, "titim!"

"Ní thitfidh tú," arsa Colm, "táimid sábháilte anois."

San eitleán eile bhí ríméad ar na cailíní a bheith saor ón sliabh aisteach agus a dtuismitheoirí sábháilte leo.

"Níl aon uaigneas orm i ndiaidh an tsléibhe rúnda sin," arsa Nóirín.

"Sliabh Rúnda an t-ainm ceart dó," arsa Deirdre, "is deacair é a fheiceáil ón aer fiú amháin."

"Mar tá sé idir shléibhte eile," arsa an mháthair, "níl a fhios agam cén chaoi ar tháinig sibh ar an áit ar chor ar bith."

"Ní thiocfadh gan Antella agus a uncail," arsa Nóirín.

"Nach maith an rud é go raibh Somhairle agus Domhnall in ann sinn a scuabadh ó bharr an tsléibhe sular tógadh isteach sa sliabh sinn arís," arsa Deirdre. "Conas ar éalaigh sibh ón sliabh tar éis sinne a fhágáil, a Shomhairle?"

"Bhí sé éasca go leor," arsa Somhairle ag coimeád a shúl ar uirlisí an eitleáin. "Nuair a d'fhágamar barr an tsléibhe an tráthnóna sin, leanamar muintir an tsléibhe síos a lán céimeanna. Chuamar i bhfolach nuair a chonaic muid na daoine ag teacht. Ar maidin chonaiceamar grúpa ag imeacht le sleánna. Bhí a fhios againn go raibh siad ag dul ag fiach. Leanamar iad go dtí an charrraig mhór ag bun an tsléibhe. Bhrúigh siad ar adhmad mór agus osclaíodh an charraig. Nuair a bhí siad imithe le tamall, bhrúmar ar an adhmad céanna agus amach linn."

"Cén fáth nach raibh sibh ar ais chugainn leis na heitleáin níos luaithe mar sin?" arsa Nóirín.

"Bhí sé an-deacair an tslí ar ais go dtí na heitleáin a aimsiú," arsa Somhairle. "Chuamar ar strae go minic agus chaitheamar trí lá ag siúl sular shroicheamar an áit."

"Buíochas le Dia gur tháinig sibh in am ar aon nós," arsa Deirdre.

"Féach!" arsa Nóirín go tobann. "Tá eitleán Eoin ag tuirlingt."

"B'fhéidir go bhfuil siad i dtrioblóid," arsa Somhairle, "beidh orainn tuirlingt go bhfeicfimid."

Thuirling an dá eitleán ar pháirc mhór mhín, cóngarach do ghráig bheag. Léim Domhnall as an gcéad eitleán.

"Caithfimid Antella a fhágáil anseo," ar seisean, "is í sin an ghráig ina gcónaíonn sé – thall ansin."

Thug na páistí bronntanais dó, ina measc uirlísí a bheadh úsáideach dó sa dufair. Bhí cumha orthu nuair a d'fhág siad slán lena gcara dílis agus thug siad aghaidh ar Éirinn. Stop siad i gcúpla aerfort beag ar a mbealach, chun breosla a fháil agus chun scéal a chur ar ais go hÉirinn go raibh siad sábháilte agus ar a mbealach abhaile.

Ar Ais i mBaile Átha Cliath

Ní raibh na páistí in ann an radharc a chreidiúint nuair a shroich siad Aerfort Átha Cliath. Bhí rí an Oileáin Sciathánaigh ann chun fáilte a chur roimh a mhac, an Prionsa Eoin agus a chuid cairde. Sheinn bannaí ceoil Éireannacha agus Albanacha don dream a bhí caillte. Bhrúigh iriseoirí isteach orthu ag iarraidh an scéal a fháil dá nuachtáin féin. Bhí grianghrafadóirí ag glacadh pictiúr den chlann a chuaigh ag cuardach a dtuismitheoirí agus a thug ar ais go slán sábháilte iad.

An oíche sin bhí an Captaen Ó Broin ar an teilifís ag caint faoi na heachtraí go léir. Dúirt an t-iriseoir a bhí ag cur an agallaimh air go raibh sé deacair an scéal a chreidiúint faoi threibh a chónaigh in uaimheanna i lár sléibhe. Ach mhínigh an Captaen go raibh fianaise ann go raibh daoine ina gcónaí in uaimheanna in Éirinn fadó.

"Bhí an córas uaimheanna a chonaiceamar san Afraic cosúil leis na huaimheanna i nDún Mór i gContae Chill Chainnigh nó san Aol Bhuí i gContae an Chláir," arsa an Captaen, "ach go bhfuil siad i bhfad níos mó."

D'fhéach na páistí go bródúil ar an teilifís an oíche sin.

"Beidh sé deacair codladh i leaba cheart anocht," arsa Deirdre.

"Beidh sé níos deacra fós tosú ar ais ar scoil amárach," arsa Colm.

"Ó, ná labhair air!" arsa Nóirín.

An lá dar gcionn bhí daoine ag iarraidh eolais faoin áit ina raibh an Sliabh Rúnda ón gCaptaen agus ó Bhean Uí Bhroin. Ach ní inseoidís aon rud dóibh.

"Dá dtosódh daoine ag dul go dtí an Sliabh Rúnda bheadh trioblóid ann," arsa an Captaen. "Diaidh ar ndiaidh chuirfí muintir an tsléibhe faoi chois. Tá sé de cheart acu a slí bheatha agus a gcultúr féin a choimeád gan aon chur isteach ó éinne."

"Ach nach bhfuil nithe gránna ag baint lena gcultúr?" arsa iriseoir amháin, "agus iad chun buachaill a ofráil mar íobairt don Ghrian."

"Tá nithe gránna ag baint le gach cultúr ar domhan," arsa an Captaen.